AF550196

»Es gibt mehr Dinge zwischen Himmel und Erde,
als wir mit unserem Verstand erkennen können.«

Lao Tse

Jen & Hendrik Lind

TrostHelden helfen – Trauernde erzählen

Immer noch da – immer noch nah

SILBERSCHNUR VERLAG

ISBN: 978-3-96933-025-8

1. Auflage 2022

Umschlaggestaltung & Satz: XPresentation, Güllesheim; unter Verwendnung verschiedener Motive von © OneLineStock.com; © momo sama; © Natata; © Valenty; © Singleline; www.shutterstock.de
Druck: Finidr, s.r.o. Cesky Tesin

Verlag »Die Silberschnur« GmbH · Steinstraße 1 · D-56593 Güllesheim
www.silberschnur.de · E-Mail: info@silberschnur.de

Übersicht

Vorwort

Dieses EINE Lied, das plötzlich überall zu laufen scheint; der "Fremde", der außergewöhnlich vertraute Dinge zu uns sagt; Schmetterlinge im Winter ... Alles Zufall? Werde ich nun verrückt? Oder sind das vielleicht tatsächlich "Liebe Grüße von oben"?

Wenn sich nach dem Tod eines geliebten Menschen unerklärliche Dinge in Bezug auf den Verstorbenen ereignen, werden genau solche Fragen laut. Nur spricht fast niemand davon oder nur im engeren Kreis, um in der Öffentlichkeit nicht als Spinner dazustehen. Um nicht mitleidig belächelt zu werden. Oder weil es einem vielleicht selbst ein bisschen unheimlich ist. Weil es eben nicht erklärbar IST.

Dabei kommen solche zwischenweltlichen Ereignisse gar nicht so selten vor. Doch wenn sie einem begegnen, kann man schon mal am eigenen Verstand zweifeln und sich selbst und derlei Phänomene hinterfragen.

Diesen möchten wir uns ganz unwissenschaftlich mit unserem Buch annähern. Wir möchten mit dir auf Entdeckungsreise gehen und dich inspirieren, mutig und mit einer Prise Humor deine Wahrnehmung zu schulen. Dazu musst du weder tiefgläubig sein noch einer Religion angehören oder wer weiß wie spirituell sein. Die Bereitschaft, sich erst einmal einfach nur zu wundern, sich aufs Wundern einzulassen, ist schon genug.

Unsere Geschichte

Wir sind Jen und Hendrik Lind, und dem Thema "Tod & Trauer" widmen wir uns beruflich seit 2013. Es ist uns quasi in den Schoß gefallen. Oder wurde es uns vertrauensvoll in den Schoß gelegt? Wahrscheinlich von beidem ein bisschen.

Alles fand schon 2007 seinen eigentlichen Anfang.

Wir leben in einer Patchworkfamilie, haben beide je ein Kind mit in unsere Beziehung gebracht. Wobei die Tochter von Hendrik bei ihrer Mutter in Berlin lebte und regelmäßig die Wochenenden und Ferienzeiten bei uns verbrachte und der Sohn von Jen bei uns lebte und andersherum regelmäßig seinen Vater besuchte. Als 2007 unser erstes gemeinsames Kind zur Welt kam, waren die beiden Großen acht und neun Jahre alt. Wir waren ein wenig in Sorge um unsere Pendelkinder, denn hier gab es nun die "neue, heile Familie" aus Mutter, Vater, Kind – und sie selbst switchten ständig zwischen zwei Wohnsitzen hin und her, weil ihre Elternbeziehungen nicht funktioniert hatten. Aber aus diesen Beziehungen ist trotzdem jeweils ein Wunder entstanden: nämlich diese beiden großartigen, innigst geliebten Kinder! Dieses Zeichen wollten wir für sie setzen und wir wollten, dass sie, egal in welchem Zuhause sie sich gerade aufhielten, BEIDE Elternteile bei sich haben können. Also kam Jen auf die Idee, ihnen ein Kuscheltier zu nähen aus dem Stoff ihrer Eltern, aus dem sie ja sozusagen auch selbst entstanden sind. Und zwar für ihren Sohn je aus einem T-Shirt von ihr und seinem leiblichen Papa und für Hendriks Tochter je aus einem T-Shirt von ihm und seiner Ex-Partnerin. Diese beiden Kuscheltiere vereinten also für jedes Kind das jeweilige Elternpaar. Die ersten sogenannten *mapapus* waren geboren! MA für Mama, PA für Papa und PU für Puppe – alles kleingeschrieben, um eine Gewichtung auszuschließen. Sie wurden zu wichtigen Pendelbegleitern für unsere Großen und spendeten in schwierigen Momenten viel Trost.

Mapapu

Die Idee, besondere Menschen einfach als Kuscheltierpuppe zusammenzunähen, war so schön, dass immer mehr *mapapus* zu ganz unterschiedlichen Anlässen auf die Welt kamen. Zur Geburt, zum Auslandsjahr des Jugendlichen, zur Hochzeit, als Maskottchen für eine Wohngemeinschaft. Über die Jahre bekam Jen immer wieder Aufträge, weil irgendwer von irgendwem von diesen Puppen gehört hatte.

2010 machte unser zweites gemeinsames Kind die Familie komplett. In der folgenden Zeit fiel die *mapapu*-Idee verständlicherweise in einen kleinen Schlummer, bis 2012 dann eine Bekannte aus dem Kindergarten mit einer Tasche voller Kleidung vor Jen stand und sie um zwei *mapapus* bat. Ihr fast erwachsener Neffe hatte sich suizidiert, und aus seiner Kleidung sollten zwei Puppen für die hinterbliebenen jüngeren Geschwister entstehen.

Als Jen diese anfertigte, lag ein sehr besonderer Zauber in der Luft. Uns wurde bewusst, wie heilsam so ein *mapapu* in einem Trauerfall sein kann. Eine greifbare Erinnerung, genäht aus der Kleidung der Verstorbenen. Ein Gegenüber zum in den Arm nehmen. Sichtbar gemachte Wandlung.

Diese Idee fanden wir so tröstlich, hilfreich und auch großartig, dass Hendrik seinen bisherigen Job an den Nagel hängte und wir 2013 gemeinsam unser kleines Familienunternehmen, die *mapapu* GbR, gründeten. Schnell wurden wir im Trauerumfeld zum bunten Hund. Unsere *mapapus* wurden dankend angenommen und liebgewonnen. Die Presse wurde aufmerksam und wir gewannen sogar ein paar Preise. Die Nachfrage wuchs, unser kleiner Betrieb auch und es entstanden zwischen 2013 und 2020 über 2000 Puppen. In 95 % der Fälle wurden sie geboren, weil jemand gestorben war.

Quintessenz Liebe

In unserem Umfeld wurden wir oft gefragt, wie wir diesen Job machen können. Wie wir das aushalten. Die Konfrontation mit all diesen Schicksalen, mit all dem Schmerz und dem Leid. Wir selbst haben uns das auch sehr früh gefragt. Vor allem, warum wir es nicht als "schlimm" betrachteten, uns dermaßen mit dem Thema zu befassen. Natürlich haben uns die Geschichten, die uns erreichten, sehr berührt. Gerade am Anfang kamen uns oft die Tränen. Doch wir haben diesen Tränen nachgespürt und festgestellt, dass es in den allermeisten Fällen Tränen der Rührung waren.

Weil da jemand so sehr geliebt wurde und wird.

Wirklich jede einzelne Geschichte, mit der wir uns befassten, war eine Liebesgeschichte. Uns wurde bewusst, dass die Quintessenz unserer Arbeit Liebe ist. Dass wir von der gewaltigsten Energie umgeben waren, die es gibt: der Liebe! Auf diese Kraft konzentrierten wir uns und ließen sie fließen.

So wandelte sich Mitleid in Mitgefühl. Und Tränen wandelten sich in Lächeln. Statt "Tod & Trauer" setzten wir unseren Fokus auf "Trost & Hoffnung". Das Schwere und Dunkle wurde leichter und lichter, dadurch wurden wiederum wir offener und irgendwie durchlässiger. In diesem Flow begegneten uns nun erstaunliche "Zufälle" beim Herstellen der *mapapus*. Wir setzten wieder und wieder Dinge und kleine Details um, die wir nicht wissen konnten.

Die schiefe Krawatte

So bestellte zum Beispiel eine Frau einen *mapapu* bei uns, als Erinnerung an ihren verstorbenen Mann. Sie schrieb in ihrem Brief an uns unter anderem, dass er Polizist mit Leib und Seele gewesen war, weshalb sie, neben seiner Freizeitkleidung, unbedingt eine Schulterklappe seiner Uniform verarbeitet haben wollte. Nun ist so eine Schulterklappe zum einen an so einem *mapapu* recht groß und zum anderen sehr starr, hart, unbiegsam, aber wir probierten vieles aus, um sie gut unterzubringen. Sie ließ sich trotzdem einfach nicht integrieren. Bis wir wahrnahmen, dass sie gedreht, mit der Spitze nach unten, durchaus als Krawatte durchgehen könnte. Aber Krawatten sind so eine Sache. Nicht jeder Mann mag oder trägt sie gerne. Wir konnten aber grundsätzlich nicht wegen jedem Detail Kontakt zu unseren Kunden aufnehmen, das wäre bei der Menge der Aufträge gar nicht möglich gewesen. So folgten wir dem Krawattenimpuls, doch sah dieser ansonsten freizeitlich gestaltete *mapapu* nun sehr streng aus. Um diesen Eindruck abzumildern, brachten wir die Krawatte einfach ein wenig schief an. Uns gefiel das Ergebnis, es fühlte sich rund an, doch waren wir unsicher, wie es wohl bei unserer Kundin ankommen würde.

Nachdem diese ihren *mapapu* mit der Post empfangen hatte, bekamen wir eine begeisterte Mail:

Sie hätte gleichzeitig lachen und weinen müssen, denn jeden Morgen, wenn ihr Mann sich auf den Weg zur Arbeit machte, musste sie ihm liebevoll schimpfend die Krawatte richten. Sie ist sich sicher, dass ihr verstorbener Mann sie auf diesem *mapapu*-Wege necken will. Sie zum Lachen bringen möchte. Und es funktioniert. Immer wenn ihr Blick auf die schiefe Krawatte fällt, muss sie lächeln. Und wir? Wir hatten das Gefühl, eigentlich rein gar nichts damit zu tun zu haben. Als hätten wir einfach einen unausgesprochenen Extra-Auftrag ausgeführt.

Zufall??!? Nun, so hat es sich jedenfalls nicht angefühlt für alle Beteiligten.

Lulatsch

Bei jedem *mapapu* benutzten wir dasselbe Schnittmuster, und doch verhielten sich die Stoffe unterschiedlich. Manche dehnten sich beim Stopfen mehr aus, andere weniger. Wurde der *mapapu* zu dick, nähten wir ihn enger. Hatten wir vor dem Zuschneiden den Eindruck, dass das T-Shirt sich zu wenig dehnen würde, schnitten wir großzügiger zu. Das klappte in der Regel ganz gut.

Doch ein Auftrag bereitete uns ein bisschen Kopfschmerzen. Für die Kinder sollte ein *mapapu* aus der Kleidung ihres verstorbenen Vaters entstehen, der Postbeamter gewesen war. Da sie ihn so sehr damit in Verbindung brachten und er diesen Job so geliebt hatte, wurden uns also zwei Arbeits-T-Shirts geschickt. Wir schnitten zu, nähten zusammen und waren guter Dinge. Doch als wir die vorbereiteten Hüllen stopften, ließ sich der Füllstoff nicht wie sonst gleichmäßig verteilen, nein, der Körper blieb ganz schmal und zog sich fast nur in die Länge. Dieser *mapapu* sah ganz anders aus als alle zuvor entstandenen. Als hätten wir uns für eine neue Form entschieden. Wir waren ein bisschen verzweifelt, da wir ja nur

DIESE T-Shirts hatten und es eben genau diese sein sollten für die Familie. Wir ergaben uns und stellten ihn fertig. Am Ende wurde er so niedlich wie all die anderen auch, nur war er eben um einiges länger und schlanker, kein typischer *mapapu*. Das schrieben wir der dazugehörigen Ehefrau, dass ihr *mapapu* “anders” sei, wir aber ja nur diesen Stoff hatten. Daher boten wir ihr an, dass sie uns bei Nichtgefallen noch einmal andere Shirts schicken könne. Ihre Antwort war ein Foto ihres Mannes. In einem uns sehr vertrauten Post-T-Shirt lächelte uns freundlich ein sehr schlanker Mann von über zwei Metern Körpergröße entgegen. Frau und Kinder waren überglücklich mit ihrem Lulatsch-*mapapu*, wenn auch ein wenig verdutzt. Wir wiederum durften lernen, uns weiter im Loslassen zu üben und ins Vertrauen zu gehen.

Die Narbe

Eine Hochzeit stand ins Haus. Doch gegen alle ärztlichen Prognosen schaffte es die geliebte Mutter nicht und verstarb kurz vor dem angesetzten Standesamttermin. Die Tochter war natürlich zutiefst erschüttert. Ihr zukünftiger Mann hörte von uns und bat um Hilfe. Ein *mapapu* aus der Kleidung seiner Schwiegermutter sollte schnellstmöglich entstehen, damit die Mama seiner Frau in dieser Form beim Standesamt dabei sein könnte. Wir hatten nicht viel Zeit und setzten alles daran, pünktlich versenden zu können. Jen stickte bei jedem *mapapu* als Letztes die Augen auf. So auch hier. Nervös von dem Zeitdruck und in vermeintlicher Eile passierte das Unglaubliche – der Stoff am rechten Auge riss ein. Die Stopfwolle quoll hervor. Was tun?!? Zeit, um einen komplett neuen Kopf zu nähen, gab es nicht mehr. Also verarzten. Eine Stoffnarbe entstand, eine kleine Stoffwulst neben dem Auge. Glücklicherweise für das Gesamtbild nicht so störend wie befürchtet, aber dennoch sichtbar. Auch hier entschuldigten wir uns für den Fauxpas, doch vergeblich. Denn die Empfängerin kam aus dem Staunen nicht heraus, als sie im Standesamt ihren *mapapu* in den Arm nahm, der genau wie ihre geliebte Mama am rechten Auge eine feine Narbe hatte.

Alles Zufall?!?

Mit Geschichten dieser Art könnten wir ein eigenes Buch füllen. Es gibt unzählige davon. Als uns die ersten begegneten (und das war von Anfang an so), lag es wieder an uns zu entscheiden, aus welchem Blickwinkel wir diese "Zufälle" betrachten wollten.

Wir hätten Angst kriegen und es unheimlich finden können. Wir hätten es abtun oder schlichtweg ignorieren können. Doch dazu passierte es zu häufig, war zu offensichtlich. Also entschieden wir uns für das Naheliegendste: Wir wunderten uns. Hand in Hand mit dem Wundern kam das erfreute Staunen! Sowohl bei uns als auch bei unseren Kunden. Diese empfanden, wie in unserem Beispiel, diese "Zufälle" IMMER als Gruß ihrer Verstorbenen. Neben der Rührung waren sie oftmals belustigt von den Ergebnissen unserer spontanen Umsetzungen.

Auch hier wählten wir für uns die "leichte Variante", wir nahmen es mit Humor. Und vor allem nahmen wir unsere

Intuition für voll und somit hatten wir pro *mapapu* eigentlich fast immer zwei Auftraggeber. Die "hier unten" und die "da oben"! Dabei erhielten wir keine Botschaften im Traum, wir hörten keine Stimmen oder mussten uns durch irgendein Ritual einstimmen. Wir folgten sehr aufmerksam unserem Bauchgefühl und ließen uns einfach auf den Prozess ein.

So fertigten wir zum Beispiel manchmal bis zu vier verschiedene Mützen für den jeweiligen *mapapu* an, aber es wollte einfach nicht stimmig werden. Also ging der *mapapu* am Ende OHNE Kopfbedeckung auf die Reise zu seinen Zugehörigen. Und siehe da, der/die Verstorbene wollte zu Lebzeiten keine Mützen tragen oder die Glatze war sein Markenzeichen oder zu Hause wartete das Lieblingsstirnband, das nicht zu uns mitgeschickt worden war.

Natürlich bekamen wir auch Hinweise oder Wünsche von unseren Kunden. Manches Mal regelrechte Anweisungen, es sollten genaue Vorstellungen erfüllt und umgesetzt werden. Was sich in den meisten Fällen beim Arbeiten nicht rund angefühlt hat, weil wir dann nicht dem Bauchgefühl folgen konnten, teilweise sogar regelrecht dagegen anarbeiten mussten. Dann entstanden zwar *mapapus* voller Erinnerungen *für die Hinterbliebenen*, doch wie viel *von den Verstorbenen* darin steckte, war fraglich.

In den meisten Fällen aber durften wir sehr frei arbeiten.

Hier ergab sich ein Zusammenspiel von Hinterbliebenen, Verstorbenen und uns. Dies war besonders offensichtlich und gleichermaßen rührend in unseren Workshops, in denen Hinterbliebene mit unserer Unterstützung ihren *mapapu* selbst nähten. Hier durften wir, vor allem in der Detailarbeit, gemeinsam erleben, wie von oben "mitgemischt" wurde. Und auch hier wurde mehr gelacht als geweint.

Ob nun in der Werkstatt oder bei den Workshops:
IMMER HÄTTEN ES AUCH ZUFÄLLE SEIN KÖNNEN!

Zwischen den Welten

Dadurch, dass es uns so oft und selbstverständlich begegnete, ist es für uns keine Frage mehr, nein, wir sind uns sicher, dass zwischen Himmel und Erde einiges los ist. Dass es Überschneidungen gibt, die unerklärlich sind und das wohl auch bleiben. Dass wir in Kontakt kommen dürfen und können – nur eben auf eine ungewohnte Art und Weise. Es gibt keine Spielregeln, an die wir uns nur halten müssen und – schwupps – funktioniert es so, wie wir es gern hätten oder verstehen können.

Wir sind alle herzlich eingeladen, uns darin zu üben, uns zumindest für die Möglichkeit zu öffnen. Die Möglichkeit eines gewissen Spielraums zwischen den Welten.

Unser Kontakt zu unseren Kunden war oft sehr eng und persönlich. Im Laufe der Jahre teilten sehr viele von ihnen ihre Erfahrungen über unerklärliche Ereignisse mit uns. Auch solche, die überhaupt nichts mit ihren *mapapus* zu tun hatten. Diese Berührungen zwischen den Welten hinterlassen und bewirken unglaublich viel Trost. Sie geben Trauernden Hoffnung, Mut und Kraft im Prozess ihrer Trauerarbeit. Sie geben ein Gefühl dafür, dass durch den Tod zwar etwas endet, aber er vielleicht doch nicht so endgültig ist, wie wir es gelernt haben. Vielmehr unterstreichen sie, dass eine Wandlung stattgefunden hat.

Uns wurden erstaunliche Begebenheiten aus verschiedensten Bereichen geschildert, von ganz "normalen" Menschen. Mit ihrem Einverständnis haben wir diese hier zusammengestellt, ein wenig sortiert und in ihrem Wortlaut wiedergegeben.

Unsere Lieben "da oben" senden ihre Grüße auf ganz unterschiedliche Weise. Sie zeigen sich in vielen Facetten. Möge dir die folgende Sammlung ein Gefühl dafür geben, wie diese aussehen können.

Liebe Grüße

von oben

Träume

»Du bist nicht tot, du wechselst nur die Räume.
Du lebst in uns und gehst durch unsere Träume.«

Michelangelo

“ Im März 2014 änderte ich meine Meinung zum Thema ‘Leben nach dem Tod’. Der kleine Sohn meines Lebensgefährten Manuel war an Krebs erkrankt. Es sah gar nicht gut um ihn aus. Eines Nachts war Manuels Sohn in meinem Traum. Ich sah meinen kleinen Schatz ganz deutlich, als wäre es real. Er lächelte mich an, seine Augen funkelten ... Ich weiß es noch wie gestern. Er sah nicht mehr krank aus, sondern so wie vor seiner Krankheit. Dann seine Worte: ‘Andrea, pass mir auf Papa und meinen kleinen Bruder auf. Ich liebe dich!’ Sein Grinsen dabei geht mir bis heute nicht aus dem Kopf. Er gab mir einen Kuss.

Ich wurde wach und wusste direkt: Irgendetwas stimmt nicht. Aus einem Reflex heraus schaute ich auf mein Handy. Da war die Nachricht, dass der Kleine meines Lebensgefährten in dieser Nacht gestorben war. Ich konnte es nicht fassen, doch so war es.

Ich bin heute so unendlich dankbar, dass ich Manuels Sohn auf diese Weise noch einmal sehen durfte. ”

Andrea K.

“ Mein Schwager verstarb vor 10 Jahren etwa 200 km entfernt von uns in einem Krankenhaus. Wir wussten nichts davon. In der Nacht träumte ich von ihm.

Er lief vor mir weg, sah mich dabei an. Und rief immer wieder: ‘Pass auf meinen Kleinen auf.’ Ich war zu dem Zeitpunkt in der 33. Woche schwanger. Als mein inzwischen verstorbener Mann aus der Nachtschicht kam, erzählte ich ihm von meinem Traum. In dem Moment klingelte die Polizei und überbrachte die Nachricht vom Tod meines Schwagers ... ”

Silvana A.

“ Ja, auch ich habe eine besondere Erfahrung gemacht ... genauer gesagt, ich habe von meinem verstorbenen Bias eine Nachricht erhalten, und zwar über seinen besten Freund Jens.

Bias hat ihn im Traum besucht ... Jens hat ihn ganz nah gespürt, hat mit ihm geredet. Jens hat ihn gefragt, warum er ihn sehen könne, und Bias antwortete, weil er (Jens) es könne. Jens sollte mir sagen, dass Bias immer bei mir sei, dass er uns sehe und dass er stolz auf mich sei, wie ich alles schaffe. Er sagte, es gehe ihm gut. Allerdings hat Jens sich nicht getraut, mir das zu erzählen. Er dachte, ich halte es nicht aus, breche zusammen. So behielt er es erst einmal für sich.

Etwa zwei Wochen später träumte Jens wieder von Bias. Bias sagte: 'Jens, du musst es Dani sagen. Warum hast du es ihr noch nicht gesagt? Sprich mit ihr, sie muss es wissen.' Daraufhin rief er mich an und erzählte mir alles. Natürlich brach ich weinend zusammen und war zeitgleich so froh über diese Nachricht oder was auch immer es war.

Ich weiß, er ist da ... irgendwo. Und doch vermisse ich ihn so immens, jeden Tag mehr.

Jens hat diese Gabe und ich wusste von Anfang an, wenn Bias sich 'sehen' lässt, dann bei ihm. Dieser Traum beschäftigt mich bis heute. Jens empfand ihn als tröstend, weil er so lange mit Bias reden konnte und danach wusste, ihm geht es gut. Mich tröstet es noch nicht und doch bin ich über diese besondere Erfahrung froh.

Es ist so außergewöhnlich, so etwas zu erleben, aber ich glaube fest daran.

Vor ein paar Tagen hatte ich einen Traum von Bias. Es war erst das zweite Mal überhaupt, dass ich von ihm träumen durfte! Ich habe Bias gespürt, seine Haut berührt, ihm einen Kuss gegeben, seinen Bart gespürt ... er war so nah. Aber Bias wollte, dass ich gehe. Immer wieder hat er gesagt, dass ich wieder gehen muss. Es hat mich mehr als aufgewühlt, wo ich doch so froh war, ihn zu sehen. ”

Daniela F.

“ Letztes Jahr im Oktober ist meine Mama plötzlich verstorben. An ihrem Sterbetag hatten wir morgens noch telefoniert (ich war im Urlaub). Mein Bruder war bis 11 Uhr bei ihr im Krankenhaus, um die weitere Behandlung mit ihr und dem Arzt abzusprechen.

Um 11:14 Uhr bekomme ich einen Anruf vom Krankenhaus, dass meine Mama noch maximal eine Stunde zu leben habe. Ich konnte nicht mehr zu ihr (wir sind da gerade ins Flugzeug gestiegen, um nach Hause zu fliegen – wir waren für abends miteinander verabredet). Mit meiner Mutter war also keine Verabschiedung möglich und ihr Tod kam sehr überraschend.

In meinem ersten Traum mit meiner Mutter war sie bei uns in der Wohnung, rastlos, durcheinander und unter Strom. Sie wusste nicht, dass sie gestorben war. Sie hat mir nicht geglaubt und ist weggelaufen, als ich versucht habe, es ihr zu sagen.

Den zweiten Traum von ihr hatte ich vor 2 Wochen. Sie saß im Krankenhaus an einem Tisch, trank in Ruhe ihren Kaffee und wurde vom Arzt darüber informiert, dass sie bald weiterziehen dürfe, da ihre Behandlung fast abgeschlossen sei. Ich saß neben ihr. Es fühlte sich so an, als würde es bedeuten, dass sie bald verstanden hat, dass sie gestorben ist und bald ins Jenseits ziehen darf. ❞

Natascha K.

❝ Ein paar Tage nach Mamas Tod hatte ich in Folge zwei sehr ungewöhnliche Träume, die in ihrer Intensität so bis dahin nie vorgekommen waren und auch danach nie wieder vorkamen.

Im ersten Traum begegnete ich meiner Mutter in einem Café in der Stadt. Ich war erstaunt, sie zu sehen, aber ich setzte mich zu ihr und sie erzählte wie immer fröhlich drauflos. Nach einiger Zeit stand sie auf und umarmte mich ganz fest ... Sie schien es nun eilig zu haben. Da bekam ich Angst. Ich wollte nicht, dass sie geht. Mein Verstand wollte sie ganz viel fragen, aber es kam nur die eine Frage: ‘Kommst du wieder? Kommst du mich besuchen?’ Und sie sagte: ‘Ja, wenn ich kann ...’ Mama verschwand ganz gestresst in einer Menschenmenge und war fort.

Im zweiten Traum trat ich aus einem Wald heraus auf ein gigantisches Kornfeld zu. Es reichte bis zum Horizont. Der Himmel war blau und der Wind schob ein paar Wölkchen umher und wirbelte buntes Herbstlaub auf. Auf einmal war ich inmitten des kleinen Blätterwirbelsturms und eine wunderschöne, intensive Musik spielte in dem Wind. Es war so schön, dass ich zu weinen begann. Ich wusste, dass es Mamas Abschied ist. Sie ist nun dort, wo es schön ist.

Als ich aufwachte, weinte ich immer noch und es fühlte sich an, als wäre ich nicht auf der Erde gewesen. ❞

Katharina N.

❝ Wir waren eine große Familie mit acht Kindern und nur unserer Mutter. Meine jüngste Schwester hat das Down-Syndrom und einige andere Erkrankungen. Wir beiden sind die Jüngsten und haben eine sehr enge Beziehung.

Ein älterer Bruder, Harald, ist schon 1992 verstorben und ich hatte ganz oft das Gefühl, dass er uns in unserer Wohnung besucht und bei der Kleinen nach dem Rechten schaut. Das hat mir früher richtig viel Angst gemacht.

Lange Zeit ging es meiner Schwester vom Herzen her sehr schlecht. Sie sollte einen neuen Herzschrittmacher bekommen, damit es ihr hoffentlich etwas besser gehen würde. Aber alles lief von Anfang an schief. Eines Nachts, sie schlief schon, gab es einen Alarm. Herzstillstand ... zum Glück nur ganz kurz. Nach zwei Tagen, ich hatte das Zimmer kurz verlassen, beschwerte meine kleine Schwester sich anschließend bei mir, weil 'DIE' sie nicht haben wollten. Nachdem ich alle Namen der Schwestern und Ärzte genannt hatte, die im Dienst waren, sagte sie zu mir, es seinen Harald und Schauern. Da wurde mir ganz anders, denn beide Personen waren schon vor längerer Zeit gestorben.

Seitdem stelle ich nicht mehr infrage, ob es nach dem Tod etwas gibt.

Als 2016 meine Schwester starb, zog ich Ende des Jahres in ihre Wohnung. Zu Weihnachten habe ich sie im Traum getroffen, sie stand an Heiligabend in der Küche und es roch so gut. Wir kamen von draußen rein, als ich fragte: 'Wer kocht?' Da hörte ich meine Schwester lachen und sagen: 'Ich, ihr wart doch beschäftigt. Da wollte ich schon mal Essen machen.' Was habe ich mich da gefreut, aber dann war sie schon wieder weg. ”

Anke R.

“ Im Sommer dieses Jahres starb eine 47-jährige Freundin von mir den Sekundentod. Sie fiel einfach tot um. Wir hatten vor Jahren eine ganz enge Freundschaft. Obwohl wir uns lange nicht gesehen hatten (wir wollten uns bald treffen), war sie einer der wichtigsten Menschen in meinem Leben.

Ich litt sehr, als ich von ihrem Ableben erfuhr. Etwa zwei Wochen nach ihrem Tod besuchte sie mich im Traum. Es war kein normaler Traum. Sie sah so schön und vor allem schlank aus. Sie kämpfte im Leben immer gegen die Pfunde an. Sie war so glücklich. Ganz dicht stellte sie sich zu mir, hat mein Gesicht mit beiden Händen umfasst und zu mir gesagt, es würde ihr gut gehen und ich solle nicht traurig sein. Dann umarmte sie mich fest.

Ich hatte ein so wohlig warmes Gefühl in mir, unbeschreiblich. Ich musste nach dieser Nacht den ganzen Tag weinen und es war trotzdem so tröstlich. Sie hat sich von mir verabschiedet, da bin ich mir sicher. ❞

Claudia K. S.

❝ Mein Papa hatte Leukämie und lag auf der Intensivstation. Da ich eine starke Bronchitis hatte, durfte ich nicht zu ihm. Ich hatte keine Chance, mich richtig zu verabschieden, der Tod traf mich dadurch noch schlimmer und ich habe mir schlimme Vorwürfe gemacht, nicht einfach doch hingefahren zu sein.

Zwei bis drei Wochen nach der Beerdigung hatte ich einen Traum. Ich war in einem düsteren Keller, mein Papa lag in der Mitte aufgebahrt und es liefen Mäuse und Insekten umher, ich hatte Angst und habe immer wieder gesagt: ‘Papa du musst aufstehen und mitkommen, du gehörst hier nicht hin.’ Er nahm mich an die Hand und ging mit mir eine Treppe hoch, an deren Ende es immer heller wurde. Plötzlich standen wir auf einer Blumenwiese, die Sonne schien und der Himmel war strahlend blau, alles war wunderschön. Mein Papa hat mich in den Arm genommen und gesagt: 'Mach dir keine Sorgen, mein Mädchen. Guck doch mal, wie schön es hier ist, mir geht es gut.'

Als ich aufwachte, hab ich natürlich geweint. Ich bin mir sicher, dass es eine letzte Botschaft für mich war, damit ich meinen Frieden finden konnte. "

Sabrina T.

Ein Gefühl von Anwesenheit

»Du bist nicht mehr da, wo du warst,
aber du bist überall, wo wir sind.«

Victor Hugo

„Bald sind es fünf Jahre seit Papas Abflugtag. Immer wieder gibt und gab es Momente, in welchen ich mir nichts sehnlicher als ein Zeichen von ihm wünsche. Doch meine Erfahrung zeigte irgendwann: Je sehnlicher ich mir ein Zeichen wünsche, desto mehr lässt es auf sich warten. Denn die Botschaften von da, wo auch immer Papa jetzt ist, kommen meistens dann, wenn ich sie am wenigsten erwarte. Anfangs machte mich das unendlich traurig.

Als ich an meiner Abschlussfeier auf die Bühne trat und es so unendlich wehtat, Papa nicht auf einem der Stühle sitzen zu sehen, sagte ich mir, dass ich ihn jetzt doch spüren müsste. Denn im Voraus sagten mir verschiedene Leute, dass er ja dabei wäre, ganz arg stolz auf mich sei und so.

Ich nahm all meine Kraft zusammen, strengte mich an und hörte auf jedes kleinste Zeichen meines Körpers. Doch es fühlte sich nicht nach Papa an. Als ich wieder auf meinem Platz saß, war ich traurig und gekränkt und wütend. Auf Papa, aber auch auf all die Leute, die mir so überzeugt versichert hatten, dass er 'vom Himmel aus vor Stolz platzen' würde. Ich dachte mir, dass ich doch bestimmt etwas spüren müsste, wenn er so stolz ist. Doch es geschah nichts.

Himmelsbotschaften kann ich nicht erzwingen. Egal, wie sehr ich mir gerade eine wünsche. Sie kommen, wenn sie kommen, und dies ist meistens doch im richtigen Augenblick.

Als ich einige Wochen nach der Abschlussfeier mit der neuen Klasse am Wandern war – da waren wir alle müde vom langen Laufen und uns tat alles weh. Ich war den Tränen nah und wollte nur noch nach Hause. Genau da spürte ich, dass Papa gerade hier sein muss. Ich spürte, wie er mit seinem ruhigen Schritt neben mir herlief. Er berührte mich nicht, er sagte nichts, doch ich war mir so sicher, dass er gerade irgendwie da war.

Dass Papa da ist, das spüre ich jetzt öfter. Wenn auch nie dann, wenn ich damit rechnen würde. Dafür bin ich immer wieder erstaunt, in welchen Situationen ich ein Zeichen von ihm spüre.

Zum Beispiel auf der Liege im Studio, als ich vor zwei Jahren mein Nasenpiercing bekam. Ich hatte weder Angst noch Schmerzen, freute mich über den neuen Schmuck. Da war Papa da. Denn er war damals auch da, als ich mir mit neun meine Ohrlöcher stechen ließ. Da stand er neben mir und hielt fest meine Hand. Beim Piercer hatte ich keine Hand, doch ich spürte eine. Die von Papa. Ich hörte seine Stimme in meinem Kopf, hörte, wie er mir sagte, dass er stolz auf mich ist.

Als ich aus dem Studio lief, war ich verwirrt. Dieses kleine Loch in meiner Nase, das ist jetzt doch nichts Spezielles. Weshalb war Papa denn jetzt da? Weshalb hatte ich jetzt ein Zeichen von ihm gefühlt, obwohl ich dies in so vielen anderen Situationen so viel mehr gebraucht hätte? Dafür habe ich keine Erklärung.

Doch ich habe daraus gelernt: Immer wieder besucht mich Papa. Immer wieder fühlt es sich an, als wäre er hier. Nie dann, wenn ich ihn mir wünsche. Doch immer dann, wenn ich ihn doch irgendwie brauche. ”

Sara B.

“ Ich hatte schon als Kind ‘übersinnliche’ Erlebnisse, aber wie das dann so ist – die Erwachsenen sagen, dass es keine Geister oder dergleichen gibt, und so nach und nach vergisst man es dann oder achtet einfach nicht mehr darauf.

Als jedoch 2014 meine Mama starb, passierten einige Sachen, die ich unmöglich übersehen konnte und für die es auch zum Teil keine logische Erklärung gibt.

So habe ich beispielsweise einen Tag vor ihrem Tod ein Foto gemacht. Es zeigt die Gartenliege meiner Mama – ihren Lieblingsplatz – in einem leuchtenden, weißen Schimmer. Während ihr Körper im Krankenhaus im Sterben lag und wir uns alle fragten, was sie noch braucht, um dieses irdische Leben (was man nicht mehr wirklich als Leben bezeichnen konnte) endlich loszulassen, hatte sich ihr Geist auf die Gartenliege zurückgezogen, davon bin ich überzeugt. Nachdem ich das Foto gemacht und diese seltsame 'Aura' gesehen hatte, habe ich versucht, mit ihrem Geist zu reden, und sie gebeten, noch einmal ins Krankenhaus zurückzukehren und dort ihren Körper zu erlösen. Am nächsten Tag ist sie dann auch tatsächlich verstorben. Ich bin danach noch einmal in ihren Garten gefahren und habe die gleichen Fotos vom gleichen Standpunkt aus gemacht. Auch das Wetter war identisch, aber diesmal hatten die Bilder keinen weißen Schimmer. ”

Antje G.

“ Im Dezember 2016 bekam ich die Nachricht, dass sich mein Lebensgefährte das Leben genommen hat. Die nächsten Tage erlebte ich wie in Trance.

Drei Tage später bin ich auf dem Weg zur Arbeit gewesen. Es war früh morgens. Der Himmel färbte sich in diesem wunderschönen Morgenrot. Auf einmal formte sich eine Wolkenfront zu einem umrandeten roten Herzen. Da musste ich einfach nur schmunzeln ...

Bei der Arbeit erledigte ich meine Aufgaben. Damals habe ich für Hotelgäste das Frühstücksbuffet zubereitet. Ich fühlte mich das erste Mal irgendwie leicht. Die Gäste gingen, ich fing an aufzuräumen, dabei wie immer Musik in den Ohren. Die brauchte ich zu dieser Zeit ganz extrem.

Ich hörte unser Lied, die Tränen fingen an zu laufen. Auf einmal spürte ich eine Kälte in mir und bekam eine Gänsehaut. Dann spürte ich von hinten zwei Arme, die sich um meine Taille legten. Danach einen Hauch ... Ich erschrak, da war doch niemand. Doch ich spürte diese Arme um mich, ein so vertrauter Griff ...

Zu guter Letzt spürte ich ganz deutlich einen Kuss auf meinen Wangen. Ich erschrak so sehr, dass ich alles fallen ließ, was ich in den Händen hatte. Wieder kam dieser Kälteschauer, ich spürte eine Hand mein Gesicht streicheln. In dem Moment sackte ich auf dem Boden in mich zusammen. Dies war genau das, was mein Manuel immer gemacht hatte, wenn es mir schlecht ging. ”

Andrea K.

Geruchswahrnehmung

»Der Duft der Dinge ist die Sehnsucht,
die sie in uns nach sich erwecken.«

Christian Morgenstern

„Reto (20) hatte immer um Mitternacht Hunger und liebte es, Hamburger zu machen. Etwa 6 Monate nach seinem plötzlichen Tod duftete es um Mitternacht herum für etwa drei Minuten nach Hamburgern in der Wohnung. Ich wusste, er war zu Besuch.“

Susan W.

„Mein Vater war immer gern draußen gewesen und viel im Garten am Arbeiten. Am Wochenende ging er nach dem Essen gerne spazieren. Wenn er dann wieder hereinkam, hatte er einen ganz bestimmten Geruch an sich ...

nach frischer Luft, Rasierwasser, Pfeifentabak ... einfach der Geruch meines Vaters.

Einige Wochen nach seinem Tod saß ich auf meinem Bett und schaute fern, aber plötzlich hatte ich genau diesen Geruch in der Nase, den Geruch meines Vaters. Ich setzte mich gerade auf und atmete tief ein ... ein, zwei Mal, dann war er wieder weg. Ich bin mir ganz sicher, dass mein Vater noch mal nach mir geschaut hat und das tröstet mich.

Ich habe es viele Jahre für mich behalten, aber mittlerweile erzähle ich es auch, da ich schon viele Geschichten solcher Art gehört habe, und ich merke, dass es nicht mehr unbedingt als 'Spinnerei' abgetan wird. ”

Tanja A.

“ Mein Bruder hatte vor 2 Jahren eine sehr schwere Zeit. In dieser habe ich um sein Leben gebangt.

Als ich abends auf der Couch saß und an ihn dachte, nahm ich wieder diesen vertrauten, beruhigenden Geruch von Oma war. Genau kann ich ihn gar nicht beschreiben ... eine Mischung aus frischer, sonnengetrockneter Wäsche, Kleiderschrank und ein Hauch von Oil of Olaz.

So hat es bei ihr immer gerochen.

In diesem Moment wusste ich, dass sie da ist.

Den Geruch habe ich das erste Mal kurz nach ihrem Tod gerochen, zusammen mit dem Zigarrengeruch von Opa. Wenn ich den Geruch in der Nase habe, werde ich innerlich ruhig und weiß, dass nichts Schlimmes passiert. Hoffentlich bleiben mir die beiden noch lange erhalten. ❞

Michaela B.

Wärme- und Kälteempfindungen

»Liebe ist, wenn man trotz der Ferne
die Nähe und Wärme spürt.«

XO, Filou

„Ich ging mindestens 3 Mal in der Woche zum Friedhof, um einfach nur bei ihr zu sein ... Als ich am Friedhof ankam, hatte ich kalte Hände und Füße, ach, ich habe überhaupt gefroren. Nun erreichte ich das Grab meiner Mama. Ich legte die Blumen ab und habe angefangen zu reden, während mir die Tränen über das Gesicht liefen.

Plötzlich fiel mir auf, dass ich keine kalten Hände und Füße mehr hatte und mir sogar angenehm warm war.

Für mich steht fest, dass meine Mama mich gewärmt hat, und es fühlte sich für mich auch so geborgen an. Es war ein sehr schönes Gefühl.“

Katrin G.

“Ich stand an einem kalten und nebligen Dezembermorgen am Grab meines Mannes und habe wie jedes Mal furchtbar geweint. Ich habe sehr gefroren und wollte gerade wieder gehen. Es waren bestimmt nicht mehr als 1, vielleicht 2 Grad ...

Ich stand da und habe mich noch von meinem Mann verabschiedet, als es mir an den Füßen plötzlich ganz heiß wurde ... Die Wärme wanderte meinen ganzen Körper hoch bis zu meinen Fingerspitzen und es wurde immer wärmer. Ich war mir sicher: Das konnte nicht sein, denn es war ja eiskalt. Ich suchte die wärmende Sonne, doch da war nur der kalte Nebel ...

Bestimmt stand ich eine halbe Ewigkeit da, bis ich es glauben konnte, was da gerade mit mir passierte. So blieb ich 2 ganze Stunden stehen, ohne dass die Wärme nachließ. Ich wollte jede Minute davon in mich aufsaugen und war mir sicher, dass es da eine Verbindung gab zwischen mir und der Seele meines geliebten Mannes ...

Seit diesem Tag glaube ich daran, dass er noch hier ist bei uns ... Ich habe danach noch unzählige Male an dem Grab gestanden in der Hoffnung, diese Wärme noch einmal zu spüren, jedoch vergebens. Ich denke, es sollte ein einmaliges Zeichen für mich sein, damit ich neuen Mut schöpfen kann und nicht mehr verzweifle ... Es hat mir tatsächlich sehr geholfen.”

Jenny M.

Sichtung

»Es ist absolut möglich, dass jenseits
der Wahrnehmung unserer Sinne
ungeahnte Welten verborgen sind.«

Albert Einstein

❝ Als mein Kater Yassine starb (er liegt nun übrigens unter dem Fliederbusch in meinem Minigarten), ging für mich die Welt unter. Dieser Kater war mein Seelenpartner, mitgebracht als Baby aus Tunesien, unfassbar eng verbunden, für ihn habe ich alles getan. Er musste immer an mir kleben, keine Nacht, in der er nicht auf mir, um mich herum, in meinem Arm geschlafen hätte. Und er war der beste Küsschengeber aller Zeiten und ständig am Quatschen.

Nach ihm wollte ich keine neue Katze mehr. Von jetzt auf gleich schrie er, hatte unfassbare Schmerzen, eine Thrombose. Ich musste ihn einschläfern lassen und innerhalb von 1 1/2 Stunden hatte ich meinen besten Freund verloren.

Vielleicht weil wir überhaupt keine Zeit zum Verabschieden hatten, ist er in einer Nacht noch einmal aufgetaucht ... um tschüss zu sagen.

Ich konnte natürlich nicht ohne Katze und habe relativ schnell ein Katzenbaby geholt, das am Anfang immer nur bei Lias schlafen wollte. Nachts wachte ich auf und schaute auf meine rechte Seite. Da saß am Bettrand eine Katze und guckte mich an. Ich dachte, es wäre Holly, die Neue. Dann dachte ich, wenn ich Holly sehe, was macht dann eigentlich Lias?!? Und schaute nach links. Lias hat neben mir geschlafen und auf dem Kissen über seinem Kopf lag seelenruhig Holly, die genauso tief und fest geschlafen hat. Ich habe mich total erschreckt.

Leider war bei meinem zweiten Blick nach rechts mein Kater verschwunden. Und es blieb (bisher) bei diesem einen Besuch. ❞

Manuela N.

❝ Meine Tochter, die meinen Papa nicht mehr kennenlernen durfte, hat vor ein paar Monaten eine komische Äußerung gemacht. Wir waren bei meiner Mama und sie lief in den Flur, dann kam sie zurück. Etwas erschrocken, aber nicht ängstlich. "Opa, Opa ...", sagte sie ganz ruhig und schaute noch mal zum Flur. ❞

Anja F.

“ Der Bruder meiner Mama hat früher bei uns mit auf dem Grundstück gewohnt und war wie ein Bruder für mich. Er starb mit 28 Jahren bei einem Motorradunfall, da war ich 8 Jahre alt.

Als ich 13 oder 14 war, habe ich sonntags in einem kleinen abgelegenen Nachbarort immer Zeitungen ausgetragen. Eines Sonntags war ich gerade mit meinem Fahrrad auf dem Weg zu dem letzten Hof, als mir ein Motorradfahrer entgegenkam. Er fuhr langsamer und schob, als er neben mir war, sein Visier hoch und grüßte mich. Ich war total perplex, denn er sah aus wie mein Onkel. Ich bin direkt umgedreht, um es zu Hause meiner Mama zu erzählen.

Abends haben wir dann von einem Nachbar erfahren, dass in dieser Straße ein Baum umgekippt ist, direkt auf die Straße, auf der ich langgefahren wäre, wenn ich nicht ‘meinen Onkel’ gesehen hätte. Ich glaube fest daran, dass unsere Verstorbenen unsere Schutzengel sind, wie man an diesem Fall sehr gut sieht. ”

Jennifer G.

Tierbegegnungen

»Tiere können das Wort Liebe zwar nicht schreiben, aber umso besser können sie es zeigen.«

Unbekannt

❝ Mein Partner und der Papa meines Sohnes ist im August 2016 nach einem langen Leidensweg verstorben. Ich hatte das Glück und konnte mit seinen besten Freunden zusammen in diesem Moment, als er ging, bei ihm sein.

Wenige Tage später bin ich mit seinem besten Freund noch einmal zur Friedhofskapelle gegangen, wo er noch bis zur Beerdigung lag. Das war der Tag, an dem er Geburtstag hatte. Ich durfte ihn noch ein letztes Mal sehen.

Nach einiger Zeit ging ich aus der Kapelle raus und setzte mich auf die Treppe. Ich saß da und dachte nach. Auf einmal kam eine rote Katze um die Ecke und schaute mich an, miaute und lief auf mich zu. Sie schmiegte sich an mich und schmuste die ganze Zeit mit mir. In diesem Moment habe ich mir nichts dabei gedacht. Am Abend habe ich dann mit seinen Eltern telefoniert und es ihnen erzählt. Dann erzählten sie mir, dass ihnen eine kleine rote Katze zugelaufen ist, die nicht mehr gehen möchte. Sie haben sie dann nach meinem Partner benannt.

Ich bin zwei Tage nach der Beerdigung mit unseren Nachbarn zu ihm ans Grab gelaufen und wir standen da und weinten, unterhielten uns. Der Friedhof war voller Menschen, aber dann kam wieder diese Katze um die Ecke, schaute mich an und lief auf mich zu, miaute und schmiegte sich wieder an mich. Dann ging sie anschließend zu dem Gesteck von mir und meinem Sohn und legte sich darauf. Ich konnte es nicht glauben. Ich habe es als ein Zeichen gesehen und glaubte aber auch eine Zeit lang, dass ich bekloppt bin.

Es hat uns unheimlich gutgetan und wir haben immer gespürt, dass er bei uns ist.

Diese Katze kommt bis heute immer mal wieder an sein Grab, wenn wir dort sind. So weiß ich und habe das Gefühl, dass er auch heute noch in allen Entscheidungen, die ich treffe, hinter mir steht. Jedes Mal, wenn diese Katze an sein Grab kommt, weiß ich, dass er es in Ordnung findet, wie wir unser Leben gestalten, und ich mir keine Vorwürfe zu machen brauche, dass wir wieder glücklich sind.

Ich glaube ganz fest daran, dass es ein Leben nach dem Tod gibt. Nur auf einer anderen Ebene. Ich glaube daran, dass er es ist, der diese Katze zu seinen Eltern schickte und auch die Katze auf dem Friedhof dazu animiert hat, zu uns zu kommen, uns Trost zu spenden und uns zu zeigen, dass er immer noch da ist.

Er hat früher immer gesagt, dass, wenn er mal stirbt, er als Katze wiedergeboren werden möchte, weil ich mich so toll um unsere Katzen kümmere. Damals habe ich mir meinen Teil dazu gedacht, weil wir beide noch so jung waren und uns noch nie mit dem Tod auseinandergesetzt hatten. Das wir dann aber nur wenige Monate später damit konfrontiert werden würden, hat niemand von uns geahnt.

Diese Katze hilft uns allen auf eine gewisse Art und Weise, besser mit dem Verlust und der Trauer umzugehen. ”

Anja B.

“ Meine Mutter liebte Katzen und als ich früher einmal fragte, welches Tier sie gerne wäre, wählte sie auch die Katze.

Im ersten Sommer nach ihrem Tod ging ich nachts in den Garten, um Luft zu schnappen, und fühlte mich ein bisschen traurig. Der Vollmond schien hell und erleuchtete den ganzen Garten. Plötzlich schaute eine nette graue Katze vorbei.

Sie stellte sich vor mich und sah mich mit ihren leuchtenden Augen an. Ich streichelte sie und sie folgte mir auf Schritt und Tritt. Wir spazierten durch den ganzen Garten, ich zeigte ihr die menschenleere Straße vor dem Haus und dann nahmen wir zusammen ein Plätzchen auf dem großen Terrassentisch ein. Ich ließ die Beine baumeln, die Katze saß neben mir und wir schauten lange den Mond und die Nacht an.

Nach zwei Stunden ging sie, wie sie gekommen war … Ganz gemütlich spazierte sie durch das offene Tor. Sie sah sich noch einmal um und ging. Ich sah die Katze nie wieder, aber in dieser Nacht hat sie mir geholfen, nicht mehr traurig zu sein. ❞

Katharina N.

❝ Unsere Tochter wurde nach muslimischem Ritus im Leichentuch ins Grab getragen. Als ich sie in dieser Hülle sah, dachte ich unwillkürlich an einen Kokon.

Wochen später hatte ich eine Begegnung mit einem Schmetterling auf unserem Balkon. Ich sah ihn auf dem Boden, öffnete die Tür und näherte mich ihm. Aber er flog nicht weg! Als ich ihm meinen Finger hinhielt, krabbelte er auf ihn und blieb eine ganze Weile, bevor er wegflog. Ich dachte in diesem Moment, dass es ein lieber Gruß von unserer Kleinen war. Die kleine Raupe aus dem Kokon ist nun ein Schmetterling geworden …

Nach ihrem Weggang ging ich oft und viel im Wald spazieren. Im Wald fühlte ich mich ihr sehr verbunden, obwohl sie nie dort war. Unsere Tochter musste dauerhaft beatmet werden und wir hatten eine lange und intensive Leidensgeschichte hinter uns. Wir waren viel zu Hause und haben ihre Pflege selbst übernommen. Ich hätte ihr so gern alles gezeigt, aber das ist eine andere Geschichte.

Auf jeden Fall ist mir während dieser Spaziergänge ein Rotkehlchen aufgefallen. Vielleicht bin ich zufällig immer durch sein Revier spaziert – wer weiß. Dieses Rotkehlchen hat mehrmals frech meinen Weg gekreuzt, ist knapp an mir vorbeigeflogen und hat so meine Aufmerksamkeit auf sich gezogen. Dieses Vögelchen habe ich lange Zeit beobachtet, und irgendwann wurde ich neugierig und habe im Internet nach Rotkehlchen gesucht.

Bei dieser Suche bin ich auf einen Artikel über schamanische Krafttiere gestoßen. Das Rotkehlchen soll nach dieser Auffassung den Schmerz lindern und das Loslassen erleichtern. Zufall oder nicht, auch das sehe ich als besonderes Zeichen von unserer süßen Tochter. ❞

Zerrin P.

❝ Meine erste Begegnung zeigte sich am Tauftag von unserem kleinen Sohn.

Vorab möchte ich kurz erwähnen, dass ich seit vielen Jahren von Schmetterlingen fasziniert bin und sie meine

Leidenschaft sind. Nachdem meine Mama so unerwartet und plötzlich starb, war sie mein schönster Schmetterling. Der Gedanke aus dem Buddhismus, dass die Menschen nach ihrem Tod in der Tierwelt weiterleben, gab mir Kraft.

Jano wurde im Oktober getauft. Es war ein sonniger, aber schon recht kühler und windiger Tag.

In der Kirche angekommen, begrüßten wir den Pastor und nahmen unsere Plätze ein.

Mein Mann legte kurz darauf den Arm um mich und sagte: 'Schau mal zum Kirchenfenster, da ganz oben sitzt ein wunderschöner Schmetterling.'

Sofort hatte ich eine innere Ruhe und war so beruhigt, weil ich wusste, meine Mama ist da. ❞

Julia P.

❝ Wir wurden reich beschenkt. Dass wir erkannt haben, dass unsere Tochter Frida ihre Erzählung wahrmacht, war für uns von großer Bedeutung und erfüllt uns mit tiefer Dankbarkeit.

Drei Tage vor ihrem Tod lag Frida wie immer auf unserer Couch und hatte den Blick in den Garten gerichtet – auf das Vogelhäuschen. Es war Frühling. Zu dieser Zeit waren die Wachphasen schon sehr kurz, aber trotzdem war es ihr wichtig, mitten im Familiengeschehen zu sein. Wie immer war jemand von uns bei ihr, wir haben Frida keine Sekunde mehr allein gelassen. Dass der Abschied näher kam, wussten wir.

Frida deutete nach draußen auf das Vogelhäuschen. Von meinem Buch aufschauend sah ich, dass eine Amsel gerade darin war und nach Körnern suchte. Das sagte ich ihr und las weiter. Sekunden später sagte Frida sehr langsam, aber bestimmend: 'Amsel weg. Amsel kommt wieder.'

Drei Tage später, nach einem Krebsleiden, ist Fridas Herz einfach stehen geblieben. Sie durfte in unserer Mitte sterben. Das ist ein Geschenk für uns alle. Anders hätten wir es uns nicht vorstellen können.

Jeder, der so etwas Schreckliches schon erleben musste, weiß, dass man irgendwie funktionieren und vieles organisieren muss. Deswegen haben wir erst gar nicht bemerkt, was sich draußen, oberhalb unserer Küchentür abspielte.

Zwei Amseln fingen an, ein Nest zu bauen; an sich ein normaler Vorgang für Anfang April. Aber diese Seite unseres Hauses steht voll und ganz im Windzug und in den 14 Jahren, die wir hier wohnen, hat noch nie ein Vogelpärchen dort ein Nest gebaut. Ich hatte Bedenken und bat meinen Mann, dies zu stoppen, da ich Angst hatte, dass sie nicht in Ruhe brüten könnten, weil wir ständig durch diese Tür gehen. Aber mein Mann sagte sofort, dass sie ein Geschenk von Frida für uns sind! Erst dachte ich, sie würden es schon einsehen, dass dieser Ort nicht günstig ist, aber sie bauten ihr Nest weiter.

So wurden wir in unserer anfänglichen, schmerzlichen Trauerzeit irgendwie getragen. Wir durften zuschauen, wie fünf Eier ausgebrütet wurden und die Amseleltern ihre Jungen fütterten. Jeden Tag!

Schlug die Küchentür mal fest zu, entschuldigten wir uns. Aus Angst, dass ein Küken herausfallen könnte, bat ich darum, ein Tuch darunter zu spannen. Ich glaube, wir wurden schon für verrückt gehalten.

Die Tage vergingen und der Abschied vom letzten flügge gewordenen Küken rückte näher. Ende Mai war das Nest dann leer; es war sehr traurig, denn irgendwie hatten wir Angst, dass so auch Frida nicht mehr bei uns sein könnte. Aber sie musste es gewusst haben; es wurde zwar nie wieder ein Nest dort gebaut, aber anfangs kamen immer wieder Amseln zu unserer Küchenseite und hielten sich auch länger auf der Rasenfläche auf – oft waren es fünf gleichzeitig. ❞

Letty S.

❝ Der Tod meines Vaters hat meine Mama, meine Schwester und mich eiskalt erwischt. Er ist zu Hause im Bett neben meiner Mama gestorben. Sie war quasi bis zum Schluss bei ihm. Er hat die Augen weit aufgerissen und dann war es schon vorbei, mit 68 Jahren.

Zu diesem Zeitpunkt war ich mit meinem zweiten Kind im 6. Monat schwanger. Es ist ein Mädchen. Es ist das einzige Mädchen als Enkelkind ... Mein Papa hat sich damals sehr gefreut.

Ein paar Tage später durften wir meinen Papa noch einmal sehen, einer der schwersten Momente in meinem Leben.

Gleich danach waren wir auf dem Friedhof am Grab meiner Großeltern. Da setzte sich ein Schmetterling auf meinen Kullerbauch und flog nicht weg!!! Es saß da eine ganze Weile. ❞

Anja F.

❝ Mama und ich waren uns immer sehr nah. Kuschelten abends lange im Bett und philosophierten. Vor und während der Krankheit.

Sie hat mal gefragt: 'Warum bekommt man eine Familie geschenkt, wenn sie einem dann wieder genommen wird? Warum werden wir voneinander getrennt? Wir sind doch so ein cooles Team.' Ich weiß noch, dass ich in diesem Moment nicht mehr traurig sein wollte. Dieser ständige Abschiedsgedanke im Nacken sollte mich wenigstens einmal nicht behindern in der Verbindung zu ihr.

Also sagte ich: 'Mama, vielleicht ist das auch alles anders. Jeder hat seine eigene Wahrheit, seine eigene Wahrnehmung, seine eigene Wirklichkeit von der Welt, wie der Konstruktivismus das sagt. Wir können entweder immer denken, dass wir alleine herkommen, alleine sterben. Oder wir glauben, dass wir alle für immer miteinander verbunden sind. Das, woran wir glauben, das ist wahr. Für uns. Und vielleicht für alle.'

Ich weiß, dass Mama weinte, was sie früher selten bis nie getan hatte, aber seit der Diagnose kam es häufig vor und in den letzten Monaten täglich. Ich weiß auch noch, dass sie schluchzte: 'Dann glauben wir.'

Meine Mutter liebte kleine Vögelchen. Die im Garten, aber auch alle anderen. Besonders verliebt war sie in Meisen und Rotkehlchen. Sie beobachtete sie in unserem Garten beim Baden und kommentierte, wie sie herumflogen, pickten, zwitscherten.

In meiner Rede bei ihrer Trauerfeier sagte ich unter anderem: 'Wenn eine Meise, eine Amsel oder ein Rotkehlchen an uns vorbeifliegt und sich ein Weilchen vor unsere Füße setzt (...), dann und in tausend anderen Momenten, wirst du da sein.'

Eine Woche später, als ich das erste Mal alleine vor dem Grab hockte und weinen konnte, hüpfte ein Rotkehlchen neben Mamas Kreuz unter der Hecke auf mich zu. Es begleitete uns das ganze erste Jahr und wurde 'unser Rotkehlchen'. Bei jedem Besuch saß es meist schon auf dem Kreuz. Es wurde handzahm, fraß aus der Hand. Hauptsächlich bei Papa und mir, aber einmal auch bei einer meiner besten Freundinnen, die Mama auch sehr gemocht hatte. Seit Mamas erstem Todestag kommt es seltener. Aber das macht nichts.

Wir kommunizieren überall über das Rotkehlchen. Es taucht unerwartet in Momenten auf, in denen ich Unterstützung brauche. Auch außerhalb des Friedhofes. Ich bedanke mich in der Regel für jedes Zeichen, weil ich davon ausgehe, dass es hilft. Ich will sie sehen und ich will glauben.

Mir geht es jetzt im zweiten Jahr nach Mamas Tod etwas besser. Das liegt auch daran, dass ich mich geliebt, umsorgt und begleitet fühle. ”

Hannah S.

“ Ich würde gerne eine von mehreren Geschichten teilen, die ich nach dem Tod meiner Freundin Beccy erlebt habe. So fühlte ich mich nach Beccys Tod sehr verbunden mit ihrem Mann. An einem Sommertag, ein paar Monate nach ihrem Tod, saßen wir zusammen im Garten und er erzählte mir von einigen wundervollen Begegnungen mit Tieren, die er seit ihrem Tod hatte.

Während wir rumalberten, dass er sich wie Dr. Dolittle fühle deswegen, kam eine Hummel angeflogen und setzte sich auf meine Hand. Ich bin 40 Jahre alt, noch nie war mir dies vorher passiert. Man kann es schwer beschreiben, aber uns beiden liefen einfach nur berührt die Tränen über unsere Wangen. Es war nach unserem Gespräch einfach kein Zufall.

So sollte uns die Hummel aber noch weiter begleiten. Nach einigen dieser ‘Zufälle’ mit Hummeln fanden wir die Idee schön, uns eine Hummel tätowieren zu lassen. So bin ich eines Morgens in die Stadt zu einem ‘Walk In’ gefahren und sagte zu meiner Freundin, die mich begleitete, dass ich irgendwie auf ein ‘Zeichen’ von Beccy warten würde, ich hätte so lange nichts mehr gespürt.

Der Tätowierer schaute sich meine Skizze an und sagte, ich könne in drei Stunden zum Termin kommen. Sarah und ich beschlossen, in der City zu bleiben und etwas trinken zu gehen. Während wir also durch die Stadt bummelten und vor einem Schaufenster standen, dachte ich, ich spinne. Dort stand ein selbstgenähtes Kissen mit dem Namen 'Katja'. Und darüber war eine Hummel genäht. Noch NIE zuvor habe ich ein Kinderkissen mit diesem Namen gesehen. Hätte Sarah es nicht alles miterlebt, mir hätte es sicher niemand geglaubt.

Auch bei einem Stellenwechsel in eine andere Kita hat die Hummel mich dann begleitet. Ich habe hospitiert und die Kinder haben eine Hummel gefunden, die wir dann retteten. Danach wusste ich, dass es die richtige Entscheidung gewesen ist! ❞

Katja L.

Naturereignisse

»In den kleinsten Dingen zeigt
die Natur ihre allergrößten Wunder.«

Carl von Linné

„ Mein geliebter Mann Dirk ging im April 2013 nach einem glücklichen und erfüllten Leben von uns. Meine Tochter Lara (13) und ich (44) verloren einen wundervollen Menschen, aber wie sich herausstellen sollte, verloren wir ihn nicht wirklich.

Die Diagnose war damals kurz und schmerzvoll: Magenkrebs mit Metastasen in der Leber. Lebenserwartung noch maximal drei bis vier Monate – aus denen dann 2 ganze Jahre wurden.

Dirk ging nicht Fallschirmspringen oder stieg auf den Kilimandscharo. Er ging hinaus in den Garten und gestaltete diesen komplett um, weil er wusste, dass ich unseren Garten liebte. Er wollte seinen beiden Frauen etwas Wunderschönes hinterlassen. Und das schaffte er auch! In seinen letzten Monaten baute er noch einen herrlichen Schwimmteich in den Garten. Davon hatte ich immer geträumt. Er übertraf alle Erwartungen.

In den 22 Jahren unserer Ehe hatte Dirk mir zum Geburtstag im Juni oft Mohnblumen geschenkt, meine absoluten Lieblingsblumen. Ich mag sie so sehr, weil ihre roten Blütenblätter so unendlich weich und zart sind. Ich verband die prächtigen, wilden, roten, fröhlichen Blumen immer mit schönen heißen Sommern und mit den Kornfeldern meiner Heimat. Stolz erheben sie ihre Köpfe und haben noch nicht mal vor der Hitze der Sonne Angst. Dabei sind sie so zart, dass es reicht, ein wenig zu pusten, um ihre Blätter der Erde zu schenken. Die Pflanzen blühen in der Zeit von Mai bis September. Die Blüten halten meist nur einen Tag und fallen dann ab.

Mohn hatte für mich aber immer zwei Gesichter ... und zwei Seelen. Im Volksmund wird er auch 'Pflanze des Lebens und des Todes' genannt, denn er kann heilen und töten. Die Mohnblume wird auch oft als Zeichen der Vergänglichkeit gedeutet. Heute noch blüht sie wunderschön, morgen schon verliert sie alle Blätter. In der früher noch oft gebräuchlichen Sprache der Blumen hat der rote Mohn eine ganz besondere Bedeutung: Er soll Trost spenden. Mein Mann kannte mich in- und auswendig, und er wusste, dass es mir immer vor den dunklen Tagen des Herbstes graute, wenn die Abende wieder so kalt waren, dass man nicht mehr draußen sitzen konnte.

Als ich am 3. Oktober in den Garten hinausging, stockte mir der Atem und Tränen schossen mir in die Augen ... Am Ufer unseres Teichs stand eine rot blühende Mohnpflanze, die ich am Tag davor noch nicht bemerkt hatte. Als hätte sie jemand über Nacht dort eingepflanzt. Wir hatten dort ohnehin nie Mohn gepflanzt. Die Samen mussten vom Wind herübergeweht worden sein, um mir in meinem Herbst Trost zu spenden. Von dem Tag an ging ich jeden Morgen lächelnd und weinend in den Garten, um mich von meinen Blumen trösten zu lassen. Ich redete mit ihnen und bedankte mich bei meinem Mann, dass er mir dieses Wunder geschenkt hatte.

Doch das wahre Wunder war, dass dieser Mohn kein einziges seiner Blütenblätter verlor. Bis zum heutigen Tag, sechs Wochen nachdem ich ihn entdeckt habe, blüht er trotz Kälte und Herbststürmen noch wie am Anfang! Bis Anfang Dezember hält er seine zarten Blüten und begleitet mich so durch die traurigste Jahreszeit. Ein liebevoller, leuchtend roter Gruß an tristen und grauen Tagen.

Unser Mohn trotzte – wie unsere Liebe – den Stürmen des Lebens ... wider alle Regeln und Naturgesetze. Er hat für mich heute nur noch ein Gesicht und eine Seele. Er ist die Blume des Lebens, des ewigen Lebens. Danke, dass du uns diesen Trost geschenkt hast, Dirk! Wir wissen jetzt, dass du immer bei uns bist ... In ewiger Liebe, Claudia und Lara. ”

Claudia K.

“ Nachdem meine Mutter plötzlich verstorben ist, blühte ihre Orchidee, welche ich behalten habe, weit über drei Monate lang, ohne eine Blüte zu verlieren.

Weiter wuchs im Winter in einem Blumentopf von ihr, den ich draußen hatte, in einer Phase, in der ich sie sehr vermisste, ein vierblättriges Kleeblatt aus der Erde … Es war sehr hoch und wuchs und wuchs und ich wusste sofort, dass das ein Zeichen des Trostes von ihr war. ”

Bettina K.

“ Britta hatte von ihrer Mama nicht viel behalten, aber es war eine Topfpflanze dabei, die sie an sie erinnerte. Da Britta eher faul ist, hat die Blume mal mehr, mal weniger Wasser und Pflege bekommen. Sie hat es zwar die ganzen Jahre geschafft, dass sie nicht eingeht, aber die Pflanze hat in Brittas ‘Obhut’ niemals geblüht.

Nachdem Brittas Papa gestorben war, übernahm Britta nun eine Pflanze ihres Vaters. Sie stellte sie neben die ‘Mamapflanze’. Und siehe da … Eine Woche später bekam diese ihre ersten Blüten. Seit über 10 Jahren. Und zwar ganz ohne gesteigerte Aufmerksamkeit, ohne ein Mehr an Wasser, ohne neue Erde, neuen Topf oder was auch immer. ”

Manuela N.

„Als meine Katze Tulpen starb, wohnte ich noch im 3. Stock. Ich hatte zwar einen Balkon, aber eine Katze im Blumenkasten begraben, das geht ja schlecht. Es war auch kein Garten weit und breit bei Verwandten, Freunden etc. in Aussicht, also habe ich sie in einer Nacht- und Nebelaktion im Volkspark beerdigt. Es war ein schöner Platz unter einem Busch mit einem Stück wilder Wiese davor. Aber es war eine Ecke, um die sich niemand kümmerte, und Blumen gab es dort schon gar nicht.

In der ersten Zeit nach Tulpens Tod war ich oft an ihrem Grab und hab ihr hallo gesagt. Zwei Wochen, nachdem sie gestorben war, sah ich schon von Weitem, dass auf der Wiese direkt vor dem Busch eine Blume blühte. Das war wirklich seltsam und noch viel seltsamer war, dass sich beim Näherkommen herausstellte, dass es eine Tulpe war. Eine einzige rote Tulpe. Nur für meine kleine geliebte Katze am Blühen.

Es wusste fast niemand, dass die Katze dort lag. Alle, die es wussten, habe ich gefragt, ob sie bei ihrem Grab eine Tulpe gepflanzt hätten. Alle haben mir geschworen, dass sie das nicht getan haben."

Manuela N.

„Als ich ca. 11 Jahre alt war, sprach ich mit meiner Mutter über das Thema Tod und hatte dann eine ungewöhnliche Bitte an sie. Wenn sie eines Tages gehen müsste, sollte sie mir irgendwie eine Rose schicken. Dann wüsste ich, dass bei ihr alles okay ist und wir uns im Himmel wiedersehen.

Einen Tag nach Mamas Beerdigung klingelte mein Vater an meiner Tür. Er hatte eine abgebrochene Rose vom Trauerkranz in der Hand. ‘Hier, die habe ich vor dem Grab gefunden ... Vielleicht möchtest du sie aufheben.’

Ich stellte die Rose in ein Glas Wasser vor Mamas Foto und als sie langsam verblühte, trocknete ich sie und verstaute sie in einer Erinnerungskiste. Manchmal schaue ich mir die Rose noch an und denke an einen Satz von meiner Mutter: ‘So wie ich die Menschen noch liebe, die im Himmel sind, so lieben sie mich doch auch noch. Wieso sollte Liebe aufhören?’ ”

Katharina N.

Technik

»Techniktücken sind Entwicklungslücken.«

Erhard Horst Bellermann

❝ Am Tag ihrer Bestattung fiel bei meinem Wagen, der relativ neu ist, der Tacho aus ... Er funktionierte nicht mehr, blieb still, so lange, bis der Tag überstanden war, dann funktionierte er plötzlich wieder. Ich wusste, dass sie mir zeigen wollte, dass sie da ist.

Dann eine nächste Erfahrung: Immer mal wieder spielte sein Wecker, den ich übernommen hatte, nachts verrückt und die Zeiger drehten sich wie wild im Kreis ... Ich wusste gleich, dass er es war, der mir zeigen wollte, dass er bei mir ist. ❞

Bettina K.

“ Nachdem ich gestern meine E-Mail mit einem Erfahrungsbericht für dieses Buch geschrieben hatte, ist wieder etwas Verrücktes passiert. Zufälle gibt es nicht – oder doch?! Manchmal denke ich, dass ich den Dingen zu viel Bedeutung beimesse. Ich weiß es nicht.

Wir sind Mitte Juli umgezogen und langsam kommen wir im neuen Zuhause an. Im Wohnzimmer lag nun seit mehreren Wochen der Motor einer Spieluhr von meiner verstorbenen Tochter Yade. Der Sohn von guten Freunden hatte damals die Schnur der Spieluhr zu weit herausgezogen, so dass die Spieluhr nicht mehr lief und verstummte. Egal, was wir probiert haben, die Schnur bewegte sich keinen Millimeter. Wir waren schon etwas traurig, aber nun gut, man konnte ja nichts mehr daran ändern. Wir hatten dann überlegt, einen neuen Motor zu kaufen, wenn wir wieder in Deutschland leben. Aber danach haben sich die Dinge so überschlagen, dass die kaputte Spieluhr in Vergessenheit geraten ist.

Also, ich schrieb die E-Mail zu Ende und fing an, im Wohnzimmer aufzuräumen. Da ist mir der Motor auf den Boden gefallen und ich dachte: Hoffentlich gibt es keine Spuren im Parkett und/oder hoffentlich bricht das Gehäuse des Motors nicht. Aber stattdessen hörte ich die Melodie von ‘Drei Haselnüsse für Aschenbrödel’ und die Schnur zog sich ein.

In dem Moment ist mir wirklich das Herz in die Hose gerutscht. Wir haben das Teil von hier nach da verräumt, sind aus der Türkei nach Deutschland gezogen und schließlich in unser Haus. Und die Spieluhr blieb 2,5 Jahre lang stumm!

Aber in dem Moment, in dem ich meine besonderen Erlebnisse über die Zeichen meiner verstorbenen Tochter teile, sagt diese kleine Spieluhr: Ich bin immer bei dir, Mama!

Die Spieluhr hatte ich während meiner Schwangerschaft extra zusammenstellen lassen. Eine Eule von Sigikid mit der Melodie des Weihnachtsklassikers. Ich habe diesen Film als Kind so gern gesehen und die Melodie begleitete mich schon so lange, dass ich dies unbedingt als Spieluhr haben wollte. In der Schwangerschaft habe ich die Spieluhr immer wieder auf meinen Bauch gehalten, damit sich Yade daran gewöhnen konnte. Sie begleitete uns auch während ihrer ersten 6 Lebensmonate in der Klinik, wo wir die meiste Zeit getrennt waren. Ich habe die Spieluhr heimlich in die Intensivstation geschmuggelt und ihr vorspielen lassen. ❞

Zerrin P.

❝ Unsere gesamte Familie schaut(e) gern den *Tatort* in der ARD – seit Jahren – und immer, wenn einer von uns einen Sonntag verpasst hatte, wurde ihm von einem anderen Familienmitglied kurz umrissen, worum es gegangen war. Ob es sich gelohnt hatte, wie spannend es war etc.

Einige Zeit nach dem Tod meines Onkels saß ich abends traurig auf der Couch, es war Sonntag und ich hing so meinen Gedanken nach, wollte mich ein bisschen ablenken und schaute im Fernsehprogramm, ob ein *Tatort* laufen würde.

Plötzlich brummte mein Handy, ich nahm es in die Hand und erschrak, habe es fast fallen lassen, weil: Im Display erschien der Name und die Telefonnummer meines Onkels!

Das Gerät befand sich mittlerweile im Besitz einer seiner Schwestern, die Nummer war abgemeldet ... und doch erschien er in meinem Telefon. Ich bin aus Schreck nicht 'rangegangen' – sondern habe den Anruf weggedrückt. Mein Herz puckerte, ich dachte sofort: 'Quatsch, das kann gar nicht sein!' Dann habe ich überprüft, ob ich selbst es war ... wie auch immer ich das hätte anstellen sollen.

Aber nein, ich war es nicht gewesen! Die Nummer meines Onkels tauchte nicht in der Anrufliste auf, die Kontaktliste war noch nicht mal in der Nähe seines Namens 'stehen geblieben' (ihr wisst, wenn man seine Kontaktliste aufruft, bleibt der Marker an der Stelle der zuletzt gesuchten oder gewählten Nummer, wenn man nicht wieder bewusst auf Anfang zurückgeht). Also blieb nur die eine Möglichkeit: Er selbst war es, der sich zu erkennen gab; er wollte mir damit sagen, dass er nicht ganz weg ist und sich quasi mit mir zusammen auf die Couch setzt, um mit mir gemeinsam den *Tatort* zu schauen.

Diesen Umstand empfand ich als sehr tröstlich und ich konnte nicht anders, als ihn willkommen zu heißen, den *Tatort* zu schauen – mit einem leichteren Gefühl im Herzen. ❞

Bianca S.

„Meine Mutter bekam im November gesagt, dass sie an den Folgen ihres Krebses sterben würde.

Am 25.12 verstarb sie. In den Nächten zum 26. und 27.12. ging je 2 Mal die Spieluhr unserer Tochter an, während wir über meine Mutter redeten. Die Spieluhr hatte keine Batterien eingelegt …"

Tabea C.

Musik

»Musik ist eine Welt in sich,
mit einer Sprache, die wir alle verstehen.«

Stevie Wonder

❝ Beim Tod meines Lebenspartners vor über 10 Jahren hatte ich mehrere Erlebnisse, die mich berührten.

Er hatte mir für mein neues Auto einen iPod geschenkt und wollte mir unbedingt Musik daraufladen. Er hat es dann nicht mehr geschafft, aber er hatte sie auf seinem Computer gesammelt, in einem Ordner. Sein Sohn hat sie mir dann auf den iPod geladen.

Als ich in der ersten Woche nach seinem Tod den iPod das erste Mal benutzte, lief in Dauerschlaufe ein Lied, welches ihm, als er sich von seiner Exfrau trennte und schwer krank wurde, sehr viel Kraft gab: Züri West, 'Irgendeinisch fingt ds

Glück eim'. Ich war so berührt, weil ich wusste, dass er mir diese Botschaft mit auf den Weg gegeben hat. ❞

Bettina K.

❝ Nach Tobis Unfalltod (er war der Verlobte meiner Tochter) ging meine Tochter Christin für 13 (lange) Monate nach Kalifornien und reiste dort auch viel. Zurück in Deutschland habe ich ihr ein Buch über die Schönheiten hierzulande geschenkt. So sind wir öfter zusammen losgezogen, um in unmittelbarer Nähe schöne Orte aufzusuchen.

Christin war an diesem Tag gefahren – in Tobis BMW, den er so geliebt hatte. Wir setzten uns ins Auto, schnallten uns an und Christin fuhr los, als im Radio das Lied "Du trägst keine Liebe in dir" von Echt lief. Es zauberte uns stillschweigend ein Lächeln ins Gesicht, denn wir beide hatten plötzlich eine Situation im Kopf, die sich viele Monate vorher abgespielt hatte: Wir trafen uns alle vier (Tobi und Christin, Achim (mein Mann und Christins Papa) und ich) an der Bar in unserer Garage, nachdem jedes Paar in der Fastnachtszeit von einer anderen Feier kam. Wir waren lustig drauf und lachten viel. Auf einmal sah Tobi Christin an und sang voller Inbrunst dieses Lied: 'Du trägst keine Liebe in dir.' Er veränderte es auf die Art, wie er Christin dabei ansah, in ein Liebeslied. Das war ein schöner Moment.

So, nun zurück ins Auto – es war klar, dass wir an diese schöne Situation dachten, und ich fand es einen schönen Zufall, dass dieses Lied gerade dann lief, als wir zusammen in Tobis Auto saßen. Zumal es nicht zu den Liedern gehört, die täglich im Radio gespielt werden.

Aber jetzt kommt es: Christin hatte beide Hände am Lenkrad, als genau dieses Lied urplötzlich recht laut wurde … Wir sahen uns einfach nur an und konnten es nicht fassen, was da vor sich ging. Ich habe sofort gelächelt und gesagt: 'Hallo Tobi, schön, dass du bei uns bist!' ❞

Ulli M.

Unerklärliche Ereignisse

»Auch wenn alles zerbricht,
die Scherben spiegeln das Licht.«

Kontra K

❝ In diesem April waren es nun 5 Jahre, dass mein Georg gestorben ist. Am Anfang konnte ich ganz schlecht die Wohnung verlassen.

Nachdem ich wieder aus dem Haus gehen konnte, habe ich einmal in der Woche einen Cent gefunden. Jede Woche, ganz regelmäßig, über einen Zeitraum von fast zwei Jahren.

Georg ist am 5. April gestorben und um den 24. Juni herum findet in Mainz jährlich das Johannisfest mit einem großen Künstlermarkt entlang des Rheins statt. Jedes Jahr besuche ich diesen zusammen mit meiner Mama. Da ich unter Panikattacken litt, wusste ich nicht, ob ich das mit den vielen Menschen auf die Reihe kriegen würde. Zu meiner Mutter habe ich gesagt: ‘Wenn ich es mit dem Bus bis nach Mainz schaffe, möchte ich auf jeden Fall zu dem Stand mit den mexikanischen Sachen.’ Alles hat geklappt und auf der Ablage des Standes lag 1 Cent, so als wollte Georg mir sagen: ‘Gut gemacht, du hast es hierher geschafft.’

Und als ich zum ersten Mal wieder einkaufen war, lag 1 Cent vor dem Eingang. Als ich das erste Mal wieder nach Hamburg gefahren bin, lag einer vor meinem Sitz und im Hof des Hotels. Als ich aus unserer Wohnung ausgezogen bin, lag einer unter der Fußmatte und so ging es endlos weiter.

Irgendwann wurde es unregelmäßiger, aber es hat bis heute nicht aufgehört. Heute finde ich einen, wenn ich denke: ‘Hey, du hast mir schon länger keinen geschickt, vergisst du mich etwa?’

Auch wenn ich wütend auf ihn bin, zum Beispiel wenn ich schimpfe, dass keiner mehr nach dem Ölstand im Auto schaut, oder wenn ich mal wieder am Reifendruckauffüllen (heißt das so?) an der Tankstelle scheitere. Dann finde ich ein paar Tage später im Kofferraum oder beim nächsten Tanken an der Zapfsäule ein 1-Cent-Stück.

Ich verkaufe Schuhe, und es ist schon mehr als einmal passiert, dass ich ein paar Schuhe aus dem Regal genommen habe und darunter lag 1 Cent. Sofort war es ein guter Tag.

Ich sammle die Cent-Stücke in einem Glas, das auf einem Regal über meinem Bett steht. Darin sind auch die Münzen, die wir zusammen auf der Straße oder im Urlaub am Strand gefunden haben.

Ich habe ein Foto von Georg zusammen mit zwei 1-Cent-Münzen, die noch in seiner Geldbörse waren, laminiert und trage es im Portemonnaie immer bei mir. Und eigentlich kann ich nicht erklären, warum ich das damals so gemacht habe.

Ich hoffe sehr, dass sich mein Glas im Laufe der Zeit noch weiter füllen wird, denn immer, wenn ich es ansehe, weiß ich, dass ich nicht alleine bin. ”

Christiane W.

“ Vor ein paar Monaten hatte ich eine meiner typischen Trauerwellen. Mir ging es sehr schlecht. Ich vermisste Mama. Manchmal rede ich dann mit ihr.

In dem Moment sagte ich laut: ‘Und es wäre nett, wenn du JETZT mal schnell was schickst. Es ist schon so lange her und ich vermisse dich!’ Um mich abzulenken, setzte ich mich an unser Klavier und spielte ein paar Akkorde. Aber auch das half nicht, weil ich daran denken musste, wie Mama das allerletzte Mal versucht hatte zu spielen und in Tränen ausgebrochen war, aufgehört hatte, weil es nicht mehr ging.

Ich klappte den Deckel zu. 'Mama, woher soll ich wissen, dass es dir gut geht? Ich möchte so gerne einen Beweis. Einen Beweis dafür, dass du wieder alles kannst. Klavier spielen zum Beispiel, joggen, schwimmen.' Ich setzte mich aufs Sofa und schaltete den Fernseher ein. Das mache ich sonst eher selten.

Der erste Sender, den ich eingeschaltet hatte, zeigte einen Kurzbeitrag über einen Pianisten, der nach langer Nervenkrankheit mithilfe der Erfindung eines Musikstudenten wieder spielen konnte. Sie zeigten ihn, wie er sich mit einer Art Roboterhandschuh das erste Mal wieder ans Klavier setzte und vor Glück weinte.

Ich dachte, er würde nun ein Lied spielen, das mir unbekannt ist, weil ich den Pianisten ja auch nicht kannte. Aber er spielte das Adagio von Marcello/Bach. Das Lied, das Mama zuletzt geübt und sich für ihre Beerdigung gewünscht hatte. Der Pianist heißt Joãu Carlos Martins. ❞

Hannah S.

❝ Etwas ganz Komisches passierte mit einer Tube Makeup. Mein verstorbener Lebenspartner tupfte es sich immer auf seine Augenringe, damit er gesünder aussah … Die Tube war höchstens noch halbvoll, als er starb.

Ich übernahm die Tube und benutzte sie dann auch täglich, um meine Augenringe abzudecken. Obwohl die Tube schon sehr leicht war und kaum mehr etwas drin zu sein schien, hielt diese Tube bei täglichem Gebrauch über zwei Jahre lang. Es kam immer mehr raus, ich konnte es kaum glauben und mit niemandem darüber reden, weil es so verrückt war, aber es war so, auch wenn es gar nicht sein kann ...

Es war sehr mysteriös, aber irgendwie hatte ich das Gefühl, dass so lange noch etwas herauskam, wie ich dieses tägliche Mich-ihm-nahe-Fühlen in meinem Trauerprozess noch brauchte ... ❞

Bettina K.

❝ Meine Mutter verstarb einen Tag nach meinem Geburtstag. Das ist für mich immer noch ein sehr tröstlicher Gedanke, denn letztendlich hat sie entschieden, wann sie gehen würde. Im Januar gaben ihr die Ärzte noch etwa zwei Wochen, und bereits zu diesem Zeitpunkt sagte meine Mama immer wieder, sie würde nicht vor meinem Geburtstag sterben. Und so war der letzte gemeinsame Tag eine Familienfeier mit Erdbeerkuchen und Champagner. Trauer äußerte sich bei mir nicht durch Verzweiflung, Tränen oder Wut. Vielmehr hatte ich – in aller Kürze – ein Problem, wieder zurück in meinen Alltag zu kommen.

Und so kam letztendlich der Mai und ganz plötzlich wusste ich, welcher Weg mich in diesen neuen Lebensabschnitt bringen würde: der Camino Francés. Von St.-Jean-Pied-de-Port bis ans Ende der Welt, nach Finisterre. Einer keltischen Sage nach war man dort den Inseln der Seligen und damit den Verstorbenen am nächsten.

Ich packte kurze Zeit später also meinen Rucksack, setzte mich in den Zug nach Frankreich, ja, und dann marschierte ich los. Mit dabei war von Anfang an eine Kleinigkeit meiner Mama, die ich in Finisterre lassen wollte. Gleichzeitig befand sich ein Luxusgegenstand in meinem Rucksack: eine kleine Flasche genau des Champagners, den wir an meinem Geburtstag getrunken hatten. Ich war fest entschlossen, diese kleine Kostbarkeit knapp 900 Kilometer bei Wind und Wetter durch Spanien zu tragen, um ihn dann beim traditionellen Sonnenuntergang auf den Klippen am Kap Finisterre zu trinken.

Und so ging ich jeden Tag, meist bei sehr sommerlichen Temperaturen, zwischen 9 und 40 Kilometer quer durch Spanien. Da ich alleine unterwegs war, hatte ich natürlich viel Zeit nachzudenken. Natürlich waren meine Gedanken da auch häufig bei meiner Mama. Und dann fiel mir plötzlich auf, dass ich immer wieder Steine in Herzform oder Herzen aus Steinen sah. Diese Steine waren wie kleine Bestätigungen meiner Mama weiterzugehen und sie begleiteten mich dann quasi quer durch Spanien. Es waren Stützen, auch dann weiterzugehen, wenn die Sonne wieder unbarmherzig brannte oder wenn Beine, Rücken und Kopf müde waren.

Nach etwa 30 Tagen erreichte ich Santiago de Compostela und machte mich zwei Tage später zusammen mit einer neu gewonnenen Freundin, die mich bereits die letzten 400 Kilometer begleitet hatte, auf nach Finisterre, wo wir abends auf den Klippen saßen, den wundervollen Sonnenuntergang bestaunten und gemeinsam ein Gläschen Champagner tranken.

An unserem letzten Tag, kurz vor der Rückreise nach Santiago, verbrachten wir einige Stunden am Strand, gingen schwimmen und sammelten Muscheln. Irgendwann machte ich mich alleine auf und spazierte am Strand entlang. Auch hier dachte ich natürlich oft an meine Mama. Denn ich hätte ihr gerne von diesem Abenteuer erzählt und ihr berichtet, dass ich es tatsächlich geschafft hatte. Ich weiß nicht mehr, wie lange ich unterwegs war. Eigentlich war es einer dieser Momente, in denen man nur den Augenblick genießt. Jedenfalls drehte ich mich irgendwann um, denn ich wollte zu meinen Freundinnen zurück.

Und plötzlich war da hinter mir ein ganz großes Herz in den Sand gemalt und darunter stand nur ein Wort 'Mama'. Und dann kullerten doch ein paar Tränchen, wobei sich Freude so sehr mit Traurigkeit mischte, dass ich nicht nur weinte, sondern gleichzeitig auch lachte. 'Meine Mama ist wirklich immer bei mir.' ”

Andrea P.

“ Ich habe mit unserem sterbenden Kind immer in seinem Zimmer geschlafen. Im großen Bett. Mein Mann in unserem Schlafzimmer und die zwei großen Buben in ihrem Kinderzimmer. Normalerweise schliefen meine zwei großen Jungs immer so bis mindestens 7.30 Uhr und wenn sie dann aufwachten, gingen sie selbstständig leise nach unten, um mich und Samuel noch schlafen zu lassen.

An dem Sterbemorgen sind sie schon um 5.45 Uhr aufgestanden und haben an Samuels Zimmertür geklopft. Sehr untypisch das frühe Aufstehen und das Anklopfen. Ich habe dann zu ihnen gesagt, dass sie sich noch zu uns ins große Bett kuscheln sollen.

Dann haben wir alle 5 dort gelegen. Mein Mann kam auch noch dazu. Und um 6.15 Uhr hat Samuels Herz aufgehört zu schlagen. Das hat mir gezeigt, dass es mehr gibt zwischen Himmel und Erde. ”

Tina S.

“ Viele Windräder hatten wir an Brunos Grab aufgestellt. Es war öfter völlig windstill und kein Windrad drehte sich. Doch wenn wir näher ans Grab traten und Bruno begrüßten, fingen die Windräder an, sich wild zu drehen. Auch wenn ich sein Lieblingslied sang, begannen die Windräder, sich zu drehen!

Meine erste Erfahrung aber ist diese: Es ist der 1. Juli 2017, ein sehr schwüler Tag in München. Alles ist eigentlich normal, ein Samstag, alle haben frei und sind zu Hause. Ich gehe zum Sport, Bruno und Martha baden, wir schlendern so durch den Vormittag. Bruno möchte viel spielen, alle seine

Lieblingsspiele möchte er haben. Die Holzeisenbahn, die Murmelbahn, mit dem kleinen 'Schwestermäuschen' Martha toben und lachen, die Lieblingssendungen im Fernsehen anschauen. Lauter schöne Sachen eben.

Am Nachmittag fuhr ich mit den Kindern zu einer Geburtstagsfeier. Als wir mit unserem Lastenfahrrad Richtung Party fuhren, sagte Bruno: 'Mama, Schneeglöckchen!' Ich sagte nur: 'Oh ja, ein schönes Lied' und summte es ein wenig an. 'Aber es ist doch gerade Juli, da denke ich nicht an Weihnachten!' An diesem Tag ist Bruno abends bei uns zu Hause unerwartet gestorben.

2 bis 3 Wochen später, als die erste Trauerwelle vorüber war, bekamen wir von Brunos Einrichtung (für schwerbehinderte Menschen) etwas geschenkt. Fotos von seiner Zeit in der Einrichtung. Bastelarbeiten und Bilder von Bruno. Und auch eine CD mit Musik. Auf der CD waren Lieder aufgenommen, die die Kinder selbst gesungen haben (noch zu Brunos Lebzeiten). Und genau bei dem Lied 'Schneeglöckchen, Weißröckchen' hörten wir ganz deutlich Bruno heraus, wie er das Lied mit 'One two three äääh eins zwei drei' anzählt.

Dies war ein so schönes Geschenk für uns. Und sofort kam mir der Tag seines Todes in den Kopf. Es war, als ob er es wusste und mir davor schon ein Geschenk machen wollte. Als ob Bruno wusste, wie sehr ich mich darüber freuen würde, so klar seine Stimme zu hören! ”

Jani W.

“Ich arbeite seit 11 Jahren im selben Altenheim und durfte schon von vielen Bewohnern Abschied nehmen.

Meine persönliche Lieblingsbewohnerin musste ich leider Ende letzten Jahres gehen lassen. Sie begleitete mich seit Arbeitsbeginn und auch durch meine praktische Examensprüfung. Dass sie bald versterben würde, war absehbar. Allerdings wahr sie schon des Öfteren ein ‘Stehaufmännchen’ gewesen. Ich hatte noch Spätdienst bis ca. 22 Uhr und fuhr dann nach Hause. Verabschieden wollte/konnte ich mich nicht zu dem Zeitpunkt.

Um 00:30 ging ich noch einmal eine Runde mit dem Hund raus. Es war komplett windstill, schon den ganzen Tag lang. Als ich kurz vor meiner Haustür war, kam aus heiterem Himmel eine Windbö auf und meine Gießkanne flog zwei Meter weg. Mein erster Gedanke war meine Bewohnerin und ich rief sofort auf der Arbeit an, ob meine Lina noch lebte. Meine Kollegin sagte mir, dass sie fünf Minuten vorher friedlich eingeschlafen sei. Das ging mir sehr, sehr nahe und ich bin der Überzeugung, dass sie sich so von mir verabschiedet hat.

Des Weiteren ist es bei uns im Heim schon ein paar Mal passiert, dass in den Zimmern, in denen kurz vorher jemand verstorben ist, die aber noch nicht neu belegt waren, die Glocke betätigt wurde, meistens nach der Beerdigung. Da sagen wir im Kollegenkreis immer, dass derjenige jetzt zu Hause angekommen ist.”

Nana P.

„Nachdem sein Vater verstorben ist, hat mein Freund die persönlichen Sachen des Vaters bekommen und das erzeugt bis heute Gänsehaut ... Der Personalausweis ist am Todestag abgelaufen und die Uhr ist genau zum Todeszeitpunkt stehen geblieben."

Julia S.

Fremde Botschafter

»Ein Fremder ist ein Freund,
den man noch nicht kennt.«

Irisches Sprichwort

❝ Mein Mann Ulrich starb im Januar 2015. Zwei Monate später fuhr ich mit dem Zug zu Freunden an die Ostsee, um meinen Geburtstag nicht feiern zu müssen (aber auch, weil sie zu meinen liebsten Menschen gehören).

Als ich die Rückreise antrat, musste ich am Bahnhof Kiel feststellen, dass mein Zug und die meisten anderen Züge wegen eines Sturmes am Vortag ausgefallen waren. In meiner Ratlosigkeit sprang ich in den nächstbesten Regionalzug nach Hamburg. Zeit zum Überlegen hatte ich nicht und ich dachte nur: 'Jeder Meter bringt dich weiter nach Hause ...' Ich muss dazu sagen, dass ich seit vielen Jahren unter einer generalisierten Angststörung leide und solche 'Überraschungen' nicht so entspannt wegstecke wie manch anderer.

Der Zug nach Hamburg war natürlich zum Bersten voll, Menschen und Gepäckstücke verstopften die Gänge. Trotzdem entdeckte ich einen leeren Platz und fragte die am Fenster sitzende Dame, ob dieser Platz frei wäre. Tatsächlich war er das und so setzte ich mich zu ihr.

Nach kurzer Zeit kamen wir ins Gespräch und es stellte sich heraus, dass die Dame eine Hospizbedienstete war, die mir meine Trauer förmlich angesehen hatte. Sie musste nach Köln und ich nach Wuppertal und so taten wir uns für die weitere Reise zusammen.

Sie schenkte mir einen Engel aus Bronze, den sie immer bei sich trug und den ich nun fest in meiner Hand hielt. Es ging unter chaotischen Zuständen und mehreren Zugwechseln Richtung Heimat, bis sich unsere Wege in Wuppertal trennten.

Wenn ich mal auf Reisen bin, begleitet mich der Engel auch weiterhin. Es fällt mir schwer zu glauben, dass es NUR der Zufall war, der mir den Platz genau neben DIESER Dame freigehalten hat ... ”

Ulrike K.

“ Bereits kurz vor dem Tod meiner Mutter habe ich das Vorhaben gefasst, einen Neustart in Köln zu wagen. Das konnte ich glücklicherweise auch noch alles mit ihr besprechen.

Etwa einen Monat, nachdem meine Mama gestorben war, war ich für ein Vorstellungsgespräch in Köln und saß in der Bahn. Es war nicht viel los. Schräg gegenüber telefonierte eine junge Dame. Das übliche Bild in der Bahn eben. Ich war nicht nervös, sondern gedanklich völlig woanders. Wie so oft kreisten meine Gedanken um meine Mama. Und dann kam wieder dieser eine Gedanke: 'Schade, dass sie jetzt nicht hier ist.'

Just in diesem Moment lachte die telefonierende junge Frau herzlich auf und sagte dann diesen einen Satz, der auch mich schmunzeln ließ: 'Denk daran! Deine Mama ist immer bei dir!' ❞

Andrea P.

Jenseitsmedium-Übermittlungen

»Es gibt tausend Wege für einen jeden,
tausend Möglichkeiten der Geburt,
der Wandlung, der Wiederkehr.«

Hermann Hesse

❝ Ich hatte mit meinem Vater mein Leben lang kein sehr inniges Verhältnis. Ich konnte mit ihm wenig über persönliche Themen reden. Ich war der älteste Sohn auf dem Bauernhof, hatte aber kein großes Interesse, den Hof zu übernehmen. Das war für meinen Vater wohl ein hartes Thema. Ich wurde als Kind ziemlich heftig geschlagen von ihm, es stand aber selten in einem direkten Zusammenhang mit bestimmten Begebenheiten. Mein Vater sammelte die Vorfälle, bis das Maß voll war und ich dann für ein zu heftiges Türenschließen verprügelt wurde.

Umarmungen konnte mein Vater überhaupt nicht ertragen und mit Lob hielt er sich sehr zurück. Ich kann mich an kein

Lob erinnern. Ich habe öfter versucht, mit ihm ein Gespräch zu führen, was er mit den Worten abwehrte: 'Bei dir habe ich ja wohl alles verkehrt gemacht.'

Das war ein kurzer Einblick in meine Kindheit und in die Beziehung zu meinem Vater.

Vor 13 Jahren starb mein Vater. Bei mir war ein großer Wunsch vorhanden, mit meinem Vater ins 'Reine' zu kommen.

Ein Dreivierteljahr später ergab es sich, dass ein englisches Medium nach Flensburg kommen sollte. Meine damalige Partnerin wollte hin, um mit ihrem verstorbenen Mann Kontakt aufnehmen zu können. Da ich bis dahin kaum etwas über dieses Thema wusste, wollte ich nicht mit. Sie gab mir daraufhin ein Buch zu lesen, in dem alles sehr genau beschrieben war. Mein Interesse war geweckt. Ich meldete mich auch bei der Heilpraktikerin an, bei der das Medium anwesend war. Mir wurde vorher gesagt, dass die Chance sehr gering sei, Kontakt zu meinem Vater zu bekommen, da er erst vor einem Dreivierteljahr gestorben war. Ich wollte es aber trotzdem versuchen, da mein Wunsch, ihn zu kontaktieren, sehr groß war.

Es dauerte keine 5 Minuten, da sagte das Medium, dass jemand da wäre, der mit mir Kontakt wünsche. Er konnte ihn aber nicht genau beschreiben, fing jedoch plötzlich an, über meine 3 Kinder zu berichten und beschrieb sie so genau, dass ich sehr verblüfft und aufgeregt war und mit meinen Emotionen kämpfte. Dann konnte ich noch einige Fragen stellen, die die Zukunft meiner Kinder betraf, und bekam alle Antworten (es ist übrigens alles so eingetreten, wie er es sagte).

Dann plötzlich sagte das Medium, dass er erkenne, wie der Mann aussehe, der mit mir redete. Er hat meinen Vater so genau beschrieben, dass ich sicher war, dass er es war. Er beschrieb z. B. eine Wunde am Oberschenkel – da hatte er einen Oberschenkeldurchschuss im Krieg erlitten. Mein Vater hat sich bei mir entschuldigt, dass er nicht der Vater sein konnte, wie ich es mir gewünscht hatte. Und er sagte, wie stolz er auf mich sei, dass ich ein sehr guter Sohn sei und ein ebenso guter Vater. Das war eine unheimlich emotionale Begebenheit für mich und ich bin seitdem mit meinem Vater im 'Reinen'. ❞

Godehardt B.

❝ Wenn es mir richtig schlecht ging, spürte ich seine Gegenwart ganz extrem. Ich roch ihn sogar. Dann kam für mich der Tag der Tage! Ich wollte irgendwie verstehen, was auf einmal los war, was ich da spürte. Ich hatte die Frage, was Manuel mir sagen wollte.

So machte ich ein Reading. Puh ... Luft holen.

Diese Frau wusste rein gar nichts von mir und meiner Geschichte. Das Einzige, was sie bekam, war ein Bild von

Manuel und das Geburts- und Sterbedatum. Sie beschrieb mir einen Mann, den sie sah, erzählte mir von dessen Gefühlen. Es passte alles. Also nahm sie Kontakt auf. Ja, es war mein Manuel. Alles, was sie sagte, waren zu hundert Prozent seine Worte. ❞

Andrea K.

Die eigene Wahrnehmung schulen

Bei vielen Trauernden ist die Sehnsucht nach solchen Zeichen, wie sie oben beschrieben wurden, sehr groß. Egal, ob sie dafür belächelt oder für verrückt erklärt werden, auch wenn sie Angst davor haben. Das Vermissen ist so groß, die Ungewissheit fühlt sich bleischwer an, die Liebe ist unendlich. Wir haben den geliebten Menschen verloren und doch wird er für immer ein Teil unseres Lebens sein. Und obwohl er weg ist, ist er irgendwie noch da.

So zumindest beschreiben viele Trauernde ihr Gefühl. Und genau so ist es unserer Meinung und Erfahrung nach auch. Der Wunsch nach einem Zeichen liegt also nahe. Natürlich gibt es keine Garantie, dass man ein solches bekommt. Doch können wir unsere Wahrnehmung schulen, und dazu möchten wir dir ein paar Hinweise und Ideen an die Hand und ins Herz geben.

1. Die Sache mit dem Verstand

Unser Verstand ist nicht dazu gemacht, so groß zu denken, wie Gefühle groß gefühlt werden können. Deshalb denken wir manchmal, dass wir verrückt werden oder gar sind. Dies möchte der Verstand unbedingt vermeiden, es macht ihm Angst und er fühlt sich nicht wohl. Wir Menschen sind in unserer antrainierten Komfortzone, wenn Verstand und Gefühl Hand in Hand gehen. Ich habe ein Gefühl (mir ist kalt) und gleiche es mit dem Verstand ab (es ist Januar und ich trage keine Jacke). Verstehe ich verstandesmäßig dieses Gefühl (mir ist kalt, WEIL ich im Januar keine Jacke trage), darf ich mich beruhigt zurücklehnen – ist ja logisch und nachvollziehbar, also ALLES GUT!

Ist das Gefühl zu groß oder zu widersprüchlich, übersteigt es tatsächlich den Verstand. Der Verstand kommt nicht mehr mit, kann "es" nicht fassen, versucht zu begreifen, was nicht greifbar ist, nicht greifbar sein kann und es vielleicht ja auch gar nicht sein möchte. Die Natur des Verstandes ist es zu verstehen. Er liebt es, zu sortieren und zu katalogisieren. Das gibt ihm Sicherheit. Das Gefühl hingegen IST einfach, es ist frei von dem Anspruch, verstanden werden zu wollen. Es möchte nur da SEIN dürfen.

Bekommen wir nun, in welcher Form auch immer, "liebe Grüße von oben", lösen diese in der Regel ein Gefühl aus. Manchmal winzig klein, eigentlich immer unerklärlich. Sofort mischt sich der Verstand ungefragt ein. Somit nehmen wir solch einen Gruß oft gar nicht wahr, weil unser Verstand so wahnsinnig schnell und effizient aussortiert.

Versuchen wir also, den Verstand dazu zu bringen, sich auszuruhen. Der Satz "den Verstand abschalten" ist leider so negativ behaftet. Es täte uns jedoch allen wahrlich gut, diesen Satz positiv zu verstehen und das Abschalten regelrecht zu trainieren. Fühlen wir uns eingeladen, dem Verstand klarzumachen, dass es manchmal auf bestimmten Ebenen rein gar nichts zu verstehen gibt. Dass sein Job, so gesegnet wir uns für sein Dasein fühlen dürfen, gerade nicht gefragt ist. Und möge er darüber erleichtert aufatmen und nicht beleidigt sein. Die Pause nutzen, um Kraft für die Momente zu sammeln, in denen wir ihn wirklich brauchen. Danken wir ihm für seine Mühe und verweisen wir ihn freundlich, aber bestimmt in seine Schranken. Mit der Versicherung, dass Schranken gar nichts Schlimmes sind, sondern manchmal sogar notwendig, um über ihn und uns hinauswachsen zu können. Versichern wir ihm, dass wir ihn später ganz sicher wieder abholen werden.

Und, lieber Verstand der Leser dieses Buches, was spricht denn eigentlich überhaupt dagegen, dass sich beide Welten (Himmel/oben und Erde/unten) ab und an verweben? Die Wissenschaft sagt: NICHTS kann das BEWEISEN! Damit ist aber auch gesagt, dass nichts NICHT bewiesen werden kann.

Nun sagt es sich so leicht ... den Verstand einfach abschalten. Das ist es nicht. Dieser Abschnitt wendet sich tatsächlich AN unseren Verstand. Wenn wir verstehen, wie er tickt, fällt uns das Abschalten leichter.

2. Meditation, Achtsamkeitstraining und Co.

Was beim Abschalten wirklich helfen kann, und das IST wissenschaftlich bewiesen, sind Meditation und Achtsamkeit. Entspannungsübungen und Atemtechniken. Du brauchst keinerlei religiöse Motivation dazu.

Bei der Meditation beispielsweise geht es darum, sich darin zu üben, den Geist zu beruhigen. Den Verstand mal einen Moment nicht so ernst zu nehmen. Es geht nicht darum, ihn auszuschalten. Den wenigsten Meditierenden gelingt dies, und oft ist die Sprache vom sogenannten "Monkey Mind". Die Gedanken springen umher wie eine wild gewordene Affenbande. Es gilt nicht, die Bande zu zähmen, vielmehr darum, sie einfach um uns herumspringen und kreischen zu lassen und in uns selbst Ruhe zu finden. Springt dich ein Affe an, schick ihn freundlich, aber bestimmt zurück zum Spielen in den Dschungel. Er darf dort mit den anderen Bambule machen, aber auf deiner Lichtung hat er gerade nichts zu suchen. Und, zack, wirst du wieder angesprungen. Und wieder und wieder und wieder. Sie können echt nerven, diese Affen. Wir empfehlen, ihre Aufdringlichkeit mit Humor zu nehmen.

Mit der Zeit wirst du gelassener damit umgehen können. Du wirst immer besser darin, die Ruhe im Sturm zu bewahren. Genau da wollen wir hin. Das geht nur durch Übung. Am Besten sogar tägliche Übung. Dazu gibt es einige gute Bücher, Podcasts und Kurse. Wir empfehlen Letzteres, um eine gute Praxis zu erlernen und den Einstieg zu erleichtern.

Insgesamt führen aber viele Wege nach Rom, nicht nur die Meditation. Alles, was dir hilft, hin und wieder aus dem Gedankenkarussell auszusteigen, macht Sinn. Vielleicht liegt dir eher ein MBSR-Achtsamkeitskurs. Oder du schnupperst mal beim Yoga rein. Neben dem körperlichen Aspekt gibt es beim Yoga einiges zu entdecken, beispielsweise verschiedene Meditationsansätze oder Atemtechniken für eine tiefe Entspannung. Überhaupt kann auch Sport hilfreich sein. Sei es Laufen, Schwimmen, Rennradfahren. Langsamer geht es beim Tai Chi oder Qigong zu. Und die Klassiker wie Autogenes Training und Progressive Muskelentspannung dürfen hier an dieser Stelle natürlich auch nicht unerwähnt bleiben.

Alles Angesprochene ist für Menschen in Trauer, unabhängig von unserem Thema, übrigens sowieso äußerst sinnvoll, weil es Stress reduziert, Depressionen mildert oder sogar ganz vermeidet und generell gesundheitsfördernd ist.

Doch neben allen Benefits, die sich für dich also noch daraus ergeben mögen, geht es uns hier vor allem darum zu lernen, den Verstand zu beruhigen. Denn wir wollen uns ja öffnen für die eventuellen zwischenweltlichen Möglichkeiten, die sich daraufhin ergeben können.

3. Gesetz der Anziehung

Vielleicht hast du schon vom "Gesetz der Anziehung" gehört. Dieser Begriff und was dahintersteckt scheint oftmals von "Esoterik" verschleiert zu sein. Tatsächlich beschäftigt sich aber schon seit jeher die Wissenschaft mit dieser Form der Resonanz. Wer sich eingehender damit befassen möchte, dem steht in den verschiedensten Medienbereichen einiges zur Verfügung. Wir wollen hier gar nicht so tief in diese Thematik einsteigen, sondern sie nur als Idee behandeln.

Bei dem "Gesetz der Anziehung" geht man davon aus, dass Gleiches Gleiches anzieht. Auch hier hängt der Verstand mit drin. Das, was ich denke, glaube oder fühle, sendet eine Schwingung aus und genau das, was ich aussende, schwingt als Erfahrung zurück und begegnet mir auf die ein oder andere Art und Weise. Genau deshalb ist es so wichtig, den Verstand zur Ruhe kommen zu lassen, denn er grätscht, wie beschrieben, blitzschnell und mit Vorliebe in unsere Gedankenprozesse hinein, oft ohne dass uns das bewusst ist. Wir bemerken es meist gar nicht. Er zeigt sich schon in Aussagen oder Gedanken wie: "Ich wünschte ...", "Wäre es doch nur so und so ...", "Hätte ich doch dies oder das ..." Das sind Annahmen, die von vornherein einen Mangel ausdrücken. Deutlicher wird es, wenn der Verstand noch einen draufsetzt. "Ich wünschte ..., ABER das wird ja sowieso nie passieren/nicht funktionieren/gibt es ja gar nicht ... usw." Dann ziehen wir laut diesem Gesetz genau das an: Dass es eben NICHT möglich ist.

Es gilt daher also, sehr aufmerksam auf unsere Formulierungen zu achten. Und unsere innere Einstellung zumindest so weit zu drehen, dass wir die Tür offen halten für Dinge, die uns unwahrscheinlich vorkommen oder an die wir bisher schlichtweg nicht glauben konnten. Du kannst dich natürlich nicht zwingen, plötzlich an etwas zu glauben, an dem dein Verstand grundsätzlich und schon immer (ver-)zweifelt. Aber jeder ist in der Lage, Formulierungen bewusst zu wählen. Gehen wir von dem "Gesetz der Anziehung" aus, sollten wir Mangelgedanken und Verneinungen in unseren Formulierungen, in Gedanken und noch viel mehr, wenn sie laut ausgesprochen werden, vermeiden. Ist es nicht möglich, mit innerer Überzeugung positiv zu formulieren, versuche es mit Neutralität: "Ich öffne mich für die Möglichkeit, dass ...!" Hilfreich ist grundsätzlich auch, dich davon freizumachen, alles zu glauben, was du denkst.

4. Kontaktaufnahme

Manche Menschen bekommen sozusagen aus heiterem Himmel "liebe Grüße von oben". Einfach so. Ob sie vorher darauf gehofft, daran geglaubt, darum gebeten haben oder nicht. Andere sehnen sich so sehr danach und es passiert ... nichts. Viele geraten dann ins Flehen, werden wütend, weinen, verzweifeln. Unserer Meinung nach funktioniert dies in den wenigsten Fällen.

Lassen wir unseren Verstand ruhig werden. Beherzigen wir das "Gesetz der Anziehung" und dass es greift. Gehen wir davon aus, dass die Möglichkeit von zwischenweltlichen Verwebungen bestehen könnte. Wandeln wir Sätze wie "Schick mir ein Zeichen" um in "Ich bin aufmerksam und offen für Zeichen". So ein Satz lässt sich prima als Mantra nutzen. Ob beim Meditieren, Putzen oder Spazierengehen. Eine freundliche Einladung auszusprechen, statt eines flehenden Appells, das macht einen Unterschied. Eine liebevolle Bitte ist etwas ganz anderes als ein wütender Befehl. Sowohl laut Ausgesprochenes als auch zu Papier Gebrachtes hat mehr Kraft als "nur" Gedachtes. Entferne die Schranken im Kopf, formuliere positiv, sei mutiger, kreativer, größer! Und sei von vornherein dankbar für alles, was da kommen mag. Für alles, was sich zeigen möchte. Beende deine Formulierungen mit einem "Danke", so wie nach einem Gebet das "Amen" folgt.

Dies ist keine Anleitung. Keine Garantie. Wir möchten dich beflügeln, über den Tod hinaus zu denken.

Frag doch einfach mal, ob der/die Verstorbene gut angekommen ist. Sende selbst einen lieben Gruß nach oben und sage, dass du dich über eine Antwort freust.

Nutze den Übergangsmoment beim Einschlafen und träume dich an Orte des Wiedersehens. Nutze den Übergangsmoment des Aufwachens und mach dir Notizen zu deinen Träumen. Fühle dich WIRKLICH frei, "verrückt" zu sein. Immer noch geht es nur darum, die Tür offen zu halten für die Möglichkeit.

Es geht darum, dich auf die Eventualität einzulassen. "Alles kann, nichts muss" nimmt den Druck heraus und lässt es leichter werden, verspielter, freundlicher. Es schraubt Erwartungen herunter und befreit uns von dem Gefühl, etwas GLAUBEN zu MÜSSEN, damit etwas anderes überhaupt eintreten darf.

Doch unsere besondere Aufmerksamkeit dürfen und sollten wir vor allem auf das "ALLES KANN" lenken – im Kopf und im Herzen in Großbuchstaben, denn diese zwei Wörter eignen sich hervorragend als Türöffner!

5. Wundern und Annehmen

Wenn ALLES KANN und nichts muss, dürfen wir uns also durchaus wundern. Zum Beispiel über bestimmte Tiere, die uns auffallend oft begegnen oder die sich "speziell" verhalten. Über Herzen, die uns in sämtlichen Spielarten begegnen, sei es als Wolkenformation oder in Form eines Steins. Wir dürfen unsere Nasen bewusst Gerüchen folgen lassen, die Erinnerungen lebendig werden lassen, genauso wie wir hellhörig werden dürfen bei bestimmten Liedern. Graffitis, Blumensorten, plötzlich aufbrausender Wind ... sei aufmerksam.

Es gibt zwei wunderbare Übungen, um sich in Aufmerksamkeit und Wahrnehmung zu schulen.

Übung 1: Nimm eine Handvoll Kichererbsen und stecke sie in die rechte Hosentasche. Jedes Mal, wenn du etwas Schönes siehst oder erlebst – und das kann alles Mögliche sein: der blaue Himmel, die freundliche Kassiererin, ein lachendes Kind, ein gelungenes Essen –, also jedes Mal, wenn du Freude über etwas empfindest, wandert eine Kichererbse von der rechten in die linke Hosentasche. Auf die Seite, wo dein Herz schlägt. Am Abend zählst du deine glücklichen Momente anhand der Erbsen. Du kannst diese natürlich auch in einem schönen Glas oder einer besonderen Schale sammeln.

Übung 2: Diese Übung kannst du jetzt sofort machen. Schließe für einen kurzen Moment deine Augen, atme tief ein und aus und denke an eine Farbe, zum Beispiel BLAU. Öffne die Augen und schaue dich um. Was in deiner Umgebung hat die Farbe BLAU? Du kannst ein Spiel daraus machen und den ganzen Tag auf alles Blaue achten. Oder die ganze folgende Woche. Oder du wechselst die Farbe von Tag zu Tag.

Nun kann man natürlich in allem und jedem ein "Zeichen" sehen oder alles hineininterpretieren. Nehmen wir den Stein in Herzform. Du machst einen Spaziergang am Wasser. Deine verstorbene Oma kommt dir in den Sinn. Aus einem Impuls heraus bleibst du stehen, schaust dich um und entdeckst einen Stein in Herzform. Genau DAS nennen wir einen lieben Gruß von oben. So einfach kann es sein. Gekoppelt an das Gefühl für oder den Gedanken an einen geliebten Verstorbenen. Vielleicht ist es auch Zufall. Vielleicht hat das auch überhaupt gar nichts mit dir oder deiner Oma zu tun. Vielleicht aber ja doch! Das VIELLEICHT ist wichtig. Das VIELLEICHT ist ALLES KANN. Das VIELLEICHT öffnet oder schließt die Tür zum Wundern. Wir möchten dich herzlich einladen, dies zu tun! Dich zu wundern. Den Stein in die Hand zu nehmen und lächelnd oder auch weinend das Geschenk einfach anzunehmen. Du wirst spüren, ob es für dich gemeint ist.

Genauso ist es mit Dingen, die von anderen Menschen ausgeführt werden oder wurden (siehe auch *mapapu*). Du sitzt im Bus auf dem Weg zur Arbeit. An der roten Ampel schaust du hinaus und entdeckst ein Graffiti an der Hauswand. Es ist ein Zitat aus dem Lieblingsfilm deines verstorbenen Bruders. Hier ist die Kopplung andersherum. Und auch hier würden wir von einem lieben Gruß von oben ausgehen. Aber hallo!

Natürlich war da nicht dein Bruder mit der Sprühdose unterwegs, aber irgendjemand hatte den Impuls, diese Wörter an die Wand zu bringen, die Ampel ist auf Rot gesprungen, du hattest den Impuls, aus dem Fenster zu schauen ... Viel Stoff für Grübeleien. Lass los und nimm an! Und grüß' im besten Fall zurück. Von uns gleich mit.

Lies dir gerne noch einmal das Kapitel über den Verstand durch! Man kann so vieles infrage stellen. Man kann einiges aber auch einfach SEIN lassen. Wenn es sich für DICH wie ein Gruß anfühlt, dann wird es einer sein. Freue dich darüber und daran!

Mit unseren Verstorbenen leben

"Und wenn sie nicht gestorben sind, so leben sie noch heute." Über diesen Satz am Ende vieler Märchen hat sich wohl schon so manches Kind gewundert. Wie soll das gehen? Na ja, im Märchen sind ja die unglaublichsten Dinge möglich. Wirklich nur im Märchen? Leben unsere Toten nicht auch durch unsere Erinnerungen und Erzählungen weiter? Über den Tod hinaus? Durch Fotos und alte Tagebücher? Gegenstände und Gerüche? Und bleibt denn ein Opa nicht ein Opa, "nur" weil er gestorben ist? Reicht es denn, tot zu sein, um nicht mehr zu sein?

Natürlich müssen wir akzeptieren, dass diejenigen, die gestorben sind, nicht mehr in der gewohnten Form bei uns sein können. Aber wir dürfen und sollten uns den Gedanken (oder auch nur den Hauch eines Gefühls dafür) erlauben, dass der Tod nicht das Ende, sondern Wandel bedeutet.

Nehmen wir uns doch die Freiheit, Trost zu finden, indem wir auf jede erdenkliche Art und Weise MIT unseren

Verstorbenen leben. Und lasst uns wirklich offen sein dafür, dass es tatsächlich mehr Dinge zwischen Himmel und Erde gibt, als wir mit unserem Verstand erkennen können. Denn sind wir dafür offen, erreichen sie uns, die lieben Grüße von oben.

Ich bin nur nach nebenan gegangen

Der Tod hat keine Bedeutung.
Ich bin nur nach nebenan gegangen.

Ich bleibe, wer ich bin,
und ihr bleibt dieselben zusammen.

Was wir einander bedeuten, bleibt bestehen.
Nennt mich bei meinem vertrauten Namen.

Sprecht in der gewohnten Weise mit mir
und ändert den Tonfall nicht.

Hüllt euch nicht in Mäntel aus
Schweigen und Kummer.

Lacht wie immer über die kleinen Scherze,
die wir teilten.

Wenn ihr von mir sprecht, so tut es ohne Reue
und ohne jegliche Traurigkeit.

Leben bedeutet immer nur Leben es bleibt
so bestehen immer ohne Unterbrechung.

Ihr seht mich nicht, aber in Gedanken
bin ich bei euch.

Ich warte auf euch
irgendwo ganz in der Nähe.

Henry Scott Holland (1847-1918)

Über die Autoren

Die ausgebildete Sterbeamme Jennifer Lind und ihr Mann Hendrik, Eltern von 4 Kindern, arbeiten seit 2013 intensiv mit Trauernden zusammen. Was mit *mapapu* und mit tausenden Gesprächen mit Trauernden begann, mündete in der Entwicklung eines weltweit einzigartigen Angebots in der Trauerhilfe: 2020 gründeten sie das Trostportal www.trosthelden.de. Dabei handelt es sich um ein Zusammenbringen Trauernder mit gleicher "Trauersprache". So finden sich auf *TrostHelden* Menschen, die das gleiche oder ein ähnliches Schicksal teilen, einen ähnlichen Umgang mit ihrer Trauerarbeit und einfach ähnliche Lebensumstände haben. Kommen diese drei Aspekte bei zwei Trauernden zusammen, sind Tür und Tor zur Heilung aufgestoßen; das Risiko einer Vereinsamung samt Folgeschäden ist minimiert.

Herr und Frau Lind haben durch ihre Arbeit mit *mapapu*, aber auch durch unzählige Berichte ihrer Kunden zu einem sehr positiven Umgang mit dem Jenseitsthema gefunden. So ist es ihnen ein Herzensanliegen, dies weiterzugeben.

128 Seiten, gebunden
ISBN 978-3-89845-365-3
€ [D] 12,95

Elisabeth Kübler-Ross

Über den Tod und das Leben danach

»Ich glaube, es ist jetzt Zeit, dass die Leute wissen, dass der Tod gar nicht existiert, wenigstens nicht so, wie wir uns das vorstellen.«
Die Schweizer Ärztin Dr. Elisabeth Kübler-Ross wurde für ihre wissenschaftlichen Arbeiten von mehreren Universitäten mit einem Ehrendoktortitel ausgezeichnet. Die Sterbeforschung hat durch ihre Bücher an besonderer Aktualität gewonnen, wie auch in der Sterbehilfe durch ihre eindringlichen Appelle neue Akzente gesetzt wurden.
»Sterben ist nur ein Umziehen in ein schöneres Haus.«

80 Seiten, durchgehend farbig, gebunden
ISBN 978-3-89845-680-7
€ [D] 14,00

Elisabeth Kübler-Ross

Jedes Ende ist ein strahlender Beginn

Für alle Menschen, die Trost und Zuspruch suchen

Es gibt kaum jemanden, der sich nicht schon einmal in irgendeiner Form mit dem Tod auseinandersetzen musste. Immer stehen wir dieser Situation mit Traurigkeit und Ohnmacht gegenüber. Die berühmte Ärztin und Sterbeforscherin Elisabeth Kübler-Ross offenbart uns, wie nach dem Tod ein strahlendes Leben beginnt. "Der Tod ist nur ein Ablegen des irdischen Körpers, so wie ein Schmetterling aus seinem Kokon schlüpft."
Einzigartig und einmalig zeigt Elisabeth Kübler-Ross, dass das Ende tatsächlich der Anfang von etwas Wunderbarem ist.

80 Seiten, farbig mit Fotos, gebunden
ISBN 978-3-89845-662-3
€ [D] 14,00

Elisabeth Kübler-Ross

Der Liebe Flügel entfalten

Die berühmte Ärztin Elisabeth Kübler-Ross war Mitbegründerin der weltweiten Hospiz-Bewegung und schenkte Millionen Menschen Trost und Hoffnung.
Elisabeth Kübler-Koss versteht es, uns anhand von vielen selbsterlebten Geschichten nahezubringen, welche Bedeutung die Liebe für jeden von uns hat.
Sie konfrontiert uns liebevoll, aber direkt auch mit unseren Schattenseiten und zeigt uns einen Weg auf, wie wir ehrlich, ohne unsere negativen Gefühle zu ignorieren oder zu unterdrücken, den Weg der Liebe einschlagen können.
Dieses Buch lässt uns die Liebe umfassender begreifen und berührt tiefere Facetten unserer Seele.

160 Seiten, broschiert
ISBN 978-3-89845-387-5
€ [D] 14,95

Daniel Meurois-Givaudan

Die ungeborene Seele

Trost und Hoffnung nach Fehlgeburt und Abtreibung

Einfühlsam und eindringlich berichtet Daniel Meurois über den Weg der Frauen und Paare, die den Verlust eines ungeborenen Kindes verkraften müssen und sich der Problematik von Abtreibungen, der Bitternis von Fehlgeburten und den oft so schmerzlichen Fragen rund um komplizierte Geburten stellen müssen. Damit reicht er mit diesem Buch all jenen die Hand, die nicht mehr wegschauen, sondern ihre Verletzungen und Wunden heilen wollen.

Ein wohltuender Leitfaden, der hilft, einen banalisierten, verheimlichten und oft verleugneten Schmerz zu überwinden.

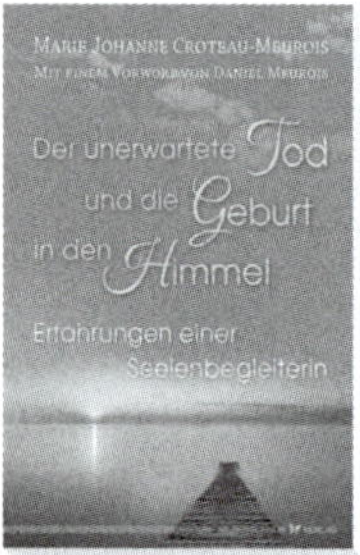

336 Seiten,
mit Farbteil, broschiert
ISBN 978-3-89845-609-8
€ [D] 18,00

Marie Johanne Croteau-Meurois

Der unerwartete Tod und die Geburt in den Himmel

Erfahrungen einer Seelenbegleiterin

Was geschieht, wenn jemand ganz plötzlich aus dem Leben gerissen wird, vermittelt Marie Johanne Croteau-Meurois anhand von 12 authentischen Zeugnisse von Verstorbenen, die dieses Leben oft unter dramatischen Umständen verlassen haben.

Dieses mit großem Mitgefühl geschriebene und inspirierende Buch ist ein Quell des Trostes und der Hoffnung. Es eröffnet eine ganz neue Sicht auf den »Sinn des Lebens« und die Frage, wie es »nach dem Tod« weitergeht ...

200 Seiten, Flexocover
ISBN 978-3-89845-464-3
€ [D] 16,95

Galen Stoller

Mein Leben nach dem Leben

Die Jenseitsmemoiren des Galen Stoller

Galen Stoller, ein amerikanischer Junge, der mit 16 Jahren ums Leben kam, berichtet in diesem Buch über sein Leben auf der anderen Seite des Schleiers und gibt tiefe Einblicke in das Wesen des Jenseits. Diese himmlischen Informationen vermitteln uns Wahrheiten über das Wesen und den Sinn des irdischen Lebens, sie helfen uns bei der Suche nach uns selbst und führen uns den Wert des Lebens eindringlich vor Augen.

40 Seiten, durchg. farbig, illustriert, broschiert
ISBN 978-3-89845-472-8
€ [D] 9,95

Michaelene Mundy & R. W. Alley

Was geschieht, wenn jemand stirbt?

Elfenhelfer – Deine Freunde helfen beim Umgang mit Trauer und Beerdigung

Die Elfenhelfer für Kinder zeigen uns, wie wir unseren Kindern in schwierigen Situationen beistehen können, um mit Fragen und Problemen in ihrem Leben zurechtzukommen.
Dieses wunderbar illustrierte Buch bringt Klarheit in das Rätsel von Tod und Beerdigung und hilft unseren Kindern zu verstehen, wie wir in Trauer und Freude das Leben eines geliebten Menschen verabschieden, der von uns gegangen ist.
Elfenhelfer für Kinder helfen unseren Kindern, keine Angst zu haben, wieder zu lachen, herumzulaufen und zu spielen.

96 Seiten, 2-farbig, gebunden
ISBN 978-3-89845-671-5
€ [D] 14,00

Bernadette Huber

Freudentränen zu verschenken

... und plötzlich ist da wieder Platz für Glück

In diesem sonnigen Buch erkennst du, wie unendlich reich an Liebe du bist und so, wie die kleine Rosalie Herzheil, mit reichem Herzen jeder Herausforderung erhobenen Hauptes begegnest.
In knuffigen Bildern und aufbauenden Texten lernst du die bezaubernde Welt der Sonnenschein-Lady kennen, die dir die wirklich wertvollen Dinge im Leben schenkt, auch mal eine Freudenträne, nämlich dann, wenn Herz und Verstand ganz nah zusammenrücken.

252 Seiten, broschiert
ISBN 978-3-96933-015-9
€ [D] 15,00

Deine Mutmacherin – Ilona Friederici

So geht's mir gut!

Ein Mutmach-Buch, das dir zeigt, wie gerade in den schwierigsten Zeiten Großes und Wertvolles entstehen kann und wie leicht Krisen auch zu einem Geschenk werden können.
»So geht's mir gut« erzählt von einem Mädchen und einer jungen Frau. Die eine lebt im Himmel und die andere auf der Erde. Sie erleben diese aktuelle Zeit ganz unterschiedlich – oder auch wieder nicht.
Du lernst durch die irdische und »himmlische« Sicht, wie das Leben wirklich funktioniert ... spirituelle Gesetze, Transformation und Übergang in die 5. Dimension, die Spielregeln des Lebens auf der Erde ...

144 Karten mit Kurzanleitung, inkl. Miniposter, in Box
EAN 4260075280-28-8
€ [D] 19,95

Franziska Krattinger

Die Kraft der 144 Schalt- und Machtworte

Es ist schwer, eingefahrene Wege zu verlassen und wirklich etwas in seinem Leben zu verändern.
Die 144 wirkungsvollen Karten mit Schalt- und Machtworten helfen dabei, denn sie erwecken die uns innerwohnende positive Macht zur selbstbestimmten Veränderung von Situationen und Vorhaben. Eines dieser Worte genügt bereits, um einen unterbrochenen energetischen Fluss wieder zum Laufen zu bringen und so alles zum Besten zu lenken!
Schalten auch Sie einfach um – und beobachten Sie die positiven Veränderungen in Ihrem täglichen Leben. Sie haben WIRKLICH die Macht dazu!

50 Karten mit Handbuch, in Box
ISBN 978-3-89845-084-3
€ [D] 14,95

Marta Cabeza

Tag für Tag mit den Engeln

49 Engel und Handbuch

Engel laden zum tagtäglichen Miteinander ein
Marta Cabeza macht aus dem Reich der Engel ihre täglichen Begleiter: Sie erkennt sie, ohne sie zu sehen, sie spricht mit ihnen, ohne sie zu hören ... Ihre Botschaften erreichen sie jeden Tag und helfen ihr so in ihrem alltäglichen Leben: Und genau diese Botschaften möchte die Autorin mit diesem Buch und seinen Karten vermitteln ...
Das innere Kind und der innere Engel sind so eng verbunden, dass sie zusammen Wunder bewirken können, weil sie es jedem Menschen erlauben, Vertrauen in sein Leben zu haben und alles, was ihm widerfährt, als hilfreich für seine eigene Evolution zu erkennen.

49 Herzkarten in Box
ISBN 978-3-89845-208-3
€ [D] 13,90

Sigrid Mahncke

Lichtengel – Herzkarten

Zur Heilung von Körper und Seele

Die Lichtengel bringen Heilung für Körper und Seele und breiten ihre Flügel wie einen schützenden Mantel der Liebe über dir aus. Allein indem du dich in die Energien der visionären und sanften Engelbilder vertiefst, wirst du fast augenblicklich zur Ruhe kommen – und in der Lage sein, dich auf den wesentlichen Kern deines Lebens zu besinnen ...

Weiterführende Informationen zu Büchern, Autoren und den Aktivitäten des Silberschnur Verlages erhalten Sie unter: www.silberschnur.de

Natürlich können Sie uns auch gerne den Antwort-Coupon aus dem beiliegenden Lesezeichenflyer zusenden.

Ihr Interesse wird belohnt!